「不」自由でなにがわるい

障がいあってもみんなと同じ

今村美都

新日本出版社

はじめに

「ライターなんだから、私の本を書いてよ」（この後、斜体の文はともっちさんの言葉です）

いま、キミが手に取ってくれている本は、ともっちさんの住むマンションでおしゃべりをしていた最中に飛び出した、このひとことから始まりました。

はじめまして、こんにちは。

わたしは、医療福祉ライターの今村《いまむら》美都《みと》といいます。認知症やがん、介護、障がいといった医療や福祉に関わるテーマを取材して、文章を書くお仕事をしています。

友人のともっちさんこと山下智子《やましたともこ》さん（いつも呼んでいるように、この本でもともっちさんと呼ばせていただきますね）には、生まれたときから脳性まひという障がいがあります。脳性まひとは、一般的に生まれる前のお母さんのお腹《なか》にいる間から生まれた直後〜幼少期までの間に、脳の一部がダメージを受けることによって引き起こされる障がいです。主に運動機能障がいといって、からだ

を動かす機能に障がいが出ます。手足が自分の思う通りに動かせないので、移動は電動車いすです。自分で飲んだり食べたりすることができないので、大好きなビールを飲むためにもお手伝いが必要です。口の筋肉も思い通りに動かせないので、言っていることが聞き取りづらく、言いたいことがうまく伝わらないこともあります。24時間365日、介助者を必要とする、いわゆる重度の障がい者です。介助者とは障がい者の生活を支える介護をしてくれる人のことです。本人は、「重度の障がい者」と言われると、内心ちょっと違和感です。トイレに行くことも食べることも車いすに乗ることも、自分一人ではできないので「重度の障がい者」。たしかにそうかもしれません。でも、「こんなにも自由に生きているわたしが〝重度〟の障がい者!?」と、ともっちさんの心の声が聞こえてきそうです。

ともっちさんに本を書いてほしいと言われたとき、わたしは迷わず、「わかった。ともっちさんのことを書こう。本を出そう」と即答していました。

なぜなら、怖くて断れなかったから。ではもちろんなく、ともっちさんという人がとても愉快な人だからです。彼女の魅力を本にして一人でも多くの人に届けることができたら――。そう考えるだけでわくわくしてしまったのです。

重度の障がい者を対象に始まった競技であるボッチャの初代日本チャンピオン（ロサンゼルス・パラリンピックに出場できるように猛特訓中です）。水泳では障がい者の世界大会で新記録を達成、金メダルを獲得《かくとく》したこともあります。

自立生活を始めたきっかけは、大好きなプロサッカーチーム、Ｊ《ジェイ》リーグの東京ヴェルディの試合を、親の都合ではなく、自分の行きたいときに行って思う存分観るためでした。障がい者にとっての自立生活とは、自分の意志で生活のことを決めること、家族に頼らず介助者のサポートで一人暮らしをすることを意味します。

障がいがあっても
サッカーも観るし、ビールも飲む
ゲームも好き　みんなと同じ

ともっちさんがよく口にする言葉です。

「みんなと同じ」といわれても、「重度」の障がいのあるともっちさんと自分が同じかな？　と、ぴんとこないかもしれません。かつてはわたしもそうでした。でも仲良くなるにつれて、「障がいってなんだろう？」「障がいがあるのは実はわたしのほうでは？」とふしぎな気持ちになってきて、いまでは「みんなと同じ」って言葉にストンと納得しています。

「みんなと同じ」がずっと苦手だったわたしは、ここでも狐につままれたような気持ちになります。「みんなと同じ」が求められる学校は、できれば行きたくない場所。毎日学校を休めたらいいなと考えている子どもでした。毎朝体温計とにらめっこして、37・5℃を超えるとこれで休めると心の中でガッツポーズ。高校に進学するときは、みんなが当たり前に進学する地元の高校に行きたくなくて、だれも受験しない学区外の高校を選んで寮へ。大学4年生のときには、みんな同じで制服みたいに見える灰色のリクルートスーツが着たくないばかりに、就職活動はせずに大学院に進学……。「みんなと同じ」を全力で避けてきたのに、ともっちさんの「みんなと同じ」はイヤじゃない。

ともっちさんと一緒にいるだけで、わたしはいろいろなことに気付きます。社会の中にある「障がい者」と「健常者」をわける、目に見えたり見えなかったりする壁もその一つ。

でも正しいとか正しくないとか、道徳的であるとか倫理的であるとか、こうあるべきとか、そんなことを伝えたいわけではないのです。

ともっちワールドは、もっと痛快で、わくわくの連続です。一人占めするのはもったいなくて、キミにも知ってほしい。だから、ともっちさんの人生に起きた数々のミラクルを本にして届けることにしました。

本を読み終わったあとには、きっとちょっとだけ、世界が違って見えるはずです。

目次／「不」自由でなにがわるい　障がいあってもみんなと同じ

第三章　特別支援学校時代　自分でご飯を食べられなくても勉強はできる　61

第四章　自立生活を始めてから　重度の障がいがあっても一人暮らしはできる　83

第五章　障がいがあるから、社会を変えてきた　113

あとがき　155

装丁イラスト　山崎雄介
各章扉・本文中図案　野ばら社

第一章　障がいってなに？　障がい者ってだれのこと？

障がいも脳性まひもみんなそれぞれ十人十色

突然ですが、キミには「障がい」がありますか？

ともっちさんには、生まれたときから脳性まひという障がいがあります。誤解をされがちですが、脳性まひは病気ではありません。人によって症状のあらわれ方はそれぞれ。脳の機能にトラブルが生じることで、からだが思うように動かせないという障がいが出ます。知的障がいを伴うこともありますが、主に運動機能の障がいです。からだと知的の両方に障がいがある人で、とくに重い障がいがある場合、重度心身障がいといいます。略して、重心と呼ばれます。

脳のどこに障がいが生じたかで症状は変わってきます。原因不明なことも多く、根本的な治療法はありません。１０００人に二人くらいの割合で起きていて、世界に１７００万人以上の脳性まひの人がいるとされています。

ともっちさんの脳性まひは、アテトーゼ（不随意《ふずいい》運動）型と呼ばれるもので、自分の意思とは関係なく、予期せぬ動きが出ます。また、言語障がいがあって、初めましての人はなにを言っているのかが聞き取りづらいこともあります。介助者が通訳に入ったり、事前に準備した電子音声を利用したりして、コミュニケーションを図ります。わたしもいまでは大体聞き取れるようになりましたが、ともっちさんの体調や話す内容によっては、言っていることが聞き取れないことがあります。

一方、同じ脳性まひでも話すことにはまったく支障がないという人もいます。わたしの伯母は脳性小児まひですが、主に知的障がいで、身体的な障がいはほとんどありません。自炊もできて、公共のバスにも一人で乗れて、買い物にも行けます。言語障がいがあるわけではないので、伯母の言っていること自体はわかります。一見自由度が高いように見えます。だけれど、自分で思考して、それを言葉にして伝えるということが得意ではありません。スーパーで目にした好きな食べ物を買うことはできても、だれかに「なにが食べたい？」「好きな食べ物は？」と聞かれても、うまく答えることができないのです。どう答えてよいかわからない伯母は、「うん、うん、そうね」と会話にならないあいづちを返します。わたしたち家族は、面倒くさくなってしまって、伯母の気持ちを探し当てる言葉のキャッチボールをさぼってしまいがちです。他人にならできる気《き》遣《づか》いも身近な人にほどつい手抜きしてしまうことってないかな？　家族や大切な人だからこそ必要な思いやりや伝えなくてはならない言葉があることが頭ではわかっていても、足りなくなってしまうことがある。だから、伯母が彼女の望むような人生を送られているかというと、家族であるわたしは心もとないというのが正直なところです。

このように脳性まひだけでもさまざまですが、日本には、１１６４・６万人（人口の約９・３％）の障がい者がいると考えられています。そのうち、６１０万人が障害者手帳といって、自治体が発行する、障がい者であると証明するための手帳を持っています。ともっちさんのように身体障害者手帳を持つ人が４１５・９万人、知的障がいのある人に発行される療育手帳を持っている人が１１４万人です。精神障害者保健福祉手帳を持っている人は１２０・３万人ですが、精神障がい者は６００万人以上とも言われています。日本の人口に占める障がい者の割合は10％前後。少なく感じるかもしれませんが、世界では約10億人。何千万人、何億人という障がいの「ある」人たちがいるということです。

からだがどのくらい動かせるのか。知的な障がいがどのくらいあるのか。どのくらい、どんな介助が必要かも、人によって違います。必ずしもからだが動かせないから不自由なわけではなく、からだが動くから自由なわけでもありません。

障がいがある／ないって？

なんで「持つ」って言うの？

障がいを「持つ」という表現をしたとき、「障がいは持つものではなくて、『ある』ものだよ」と、ともっちさんに秒速でダメ出しをされてしまったことがあります。「持つ」というと自分の意志で持っているように聞こえるけれど、自ら進んで障がいを「持って」いるわけではない、と言うのです。持つものではなく、あるもの。言われてみれば、なるほどです。が、市役所といった公的機関でも、「障がいをお持ちの方」と使われているのを目にすることがあります。わたし自身、ともっちさんに注意されたにもかかわらず、つい「持つ」という言い方が口から出てしまいます。いかに無意識に染み込んでいるかを痛感します。

もっとも、「ある」だってベストな表現とは言えません。障がいがある人と障がいがない人。

「ある」は、どうしても「ない」がセットになりがちです。障がいが「ある」よりも「ない」ほうがよいという無意識もいつのまにか発動してしまっています。

最近では、障がいを生み出しているのは社会側であるという考え方が主流になってきました。日本に車いす利用者は約２００万人。車いす利用者にとって階段は「障がい」になりますが、スロープがあれば問題なく移動することができます。つまり、「障がい」は「ない」ことになります。障がいをつくりだしているものを取り除けば、障がいはなくなるというわけです。

それぞれが必要なときに必要な支援をそれができる人から受ける。それでよいのになぁと、わたしは考えてしまいます。キミが困っているときは、キミがキミに必要な支援を受ける。「ほかのだれか」が困っているときは、「ほかのだれか」が必要な支援を受ける。キミに手助けできそうなことがあれば、キミが支援したっていい。支援する／されるという線引きは本当は必要がなくて、固定化せずにシーソーのようにあっちに行ったりこっちに行ったりするものではないかと思うのです。ともっちさんとわたしの関係性は、ともっちさんが支援される側でわたしが支援する側というような単純な図式にはなっていません。ともっちさんにあるもの／ないもの、わたしにあるもの／ないものを補い合う関係でもありません。もちろん、ときには補完し合っていることはあります。でも、お互いの不足を補い合うためにいるわけではないのです。一緒にいたいから一緒にいる。ただお互いを大切に思う。その上で、わたしがともっちさんに助けてほしいことがあれば助けてと言う。ともっちさんがわたしに助けてほしいことがあれば助ける。必要なときは助け合えばいい。

わたしにはともっちさんよりもっと重度の障がいのある小学生の友だちもいます。言葉でコミュニケーションをすることはむずかしい。だからこそその子がなにを伝えようとしているのか、感覚を研ぎ澄ませて「聴こう」とするわたしが現れます。小さな友だちの笑顔がかわいくて、存在を愛おしく思うことに理屈はないのです。ほうっておけないと自然に湧《わ》き出てしまう気持ちは多分嘘ではないはず。なのに、自分でもこうして言葉にしていると、とても胡散《うさん》くさく感じられてきます。障がいのある人を前にしたときに生まれる偽善者になったような気持ち。なんだか申し訳ないような気持ち。その気持ちが生まれてしまうこと自体への申し訳ない気持ちの重ね塗り。でもね、大切に思う気持ちは、やっぱり偽物の気持ちではなさそうです。ともっちさんやその子が存在していることがわたしにもたらしてくれる幸福。それはだれがなんと言おうとちゃんとある。

だから、胡散くさいと思った人にこそ、人生のどこかのタイミングで、「障がい」のある友だちも一人でいいからつくってみてほしい。つくったからってなにかが変わるわけではないかもしれない。ただ、言えることは、一番誠実で大切な友だちになりうる可能性があるってことです。実際に、わたしにとって彼らがそうであるように。

＊この本では、「障がい」を広い意味ではだれしもにある、生きていく上での困難や生きづらさ、狭い意味ではからだ・知的・精神・発達など医療機関や自治体など公的な機関によって「障がい」と定義づけられていることを意味する言葉として使いたいと思います。ともっちさんについて語るときの「障がい」は主に、後者の狭い意味での「障がい」です。

障がい児だと思っていなかった障がい児

星つむぎの村の合宿の最終日、ともっちさんの目からは涙がこぼれていました。

星つむぎの村は、山梨県立科学館で天文担当としてプラネタリウムをはじめとするイベントを企画していた、高橋真理子《たかはしまりこ》さんと跡部浩一《あとべこういち》さんが共同代表を務める一般社団法人です。科学館で働いていた頃から、これまでにない切り口のプラネタリウムや星に関するイベントを生み出す高橋さんは、星の世界では知る人ぞ知る存在でした。宙先《そらさき》案内人として独立し、活動を始めた高橋さんの想いに共感した跡部さんとの二人三脚で始まった星つむぎの村。星空を見上げることのできない、長期入院が必要な人たちのためにプラネタリウムを届ける「病院がプラネタリウム」を

星つむぎの村のイベントにて、村人たちとお手伝い。

軸に活動しています。いまでは障がいのあるなし、性別、年代を問わず、いろいろなバックグラウンドを持った人たちが会員となって（星つむぎの村では村人と呼んでいます）、それぞれができることをできるときに持ち寄って一緒に楽しんでいます。プラネタリウムはもちろん、コンサートやワークショップ、天体観測、星にまつわるさまざまなプロジェクトを通じて、人と星を、人と人を、つないでいます。ともっちさんとわたしも星つむぎの村の村人です。

　星つむぎの村では、重度の障がいのある村人たちも参加できる合宿を年に2回ほど行っています。まだ小学校に上がる前の子どもたちから大人まで、障がいあるなしに関係なく参加します。ワークショップを行ったり、運動会をやったり。障がい者スポーツとして知られるボッチャもやります。もちろん夜は星空観測。雨だったら室内でプラネタリウムです。

２０２４年６月の合宿に、ともっちさんとわたしは初めて揃《そろ》って参加しました。最終日に行われた、合宿を振り返る感想シェアタイム。跡部さんの「星つむぎの村の合宿は、学校みたいなものです」という言葉に、ともっちさんは思わず泣き出してしまいました。

私もみんなと同じ小学校に一緒に通いたかった
私も「健常児」のみんなと同じように
勉強したり部活したりしたかった

心の奥底にいつもある思いが込み上げてきてしまったのです。

小学校に上がる前までは、ともっちさんも近所の子どもたちと一緒に地域の幼稚園に通いました。その頃は、ともっち母が食べやすく手作りしたお弁当を、フォークを使って自分で食べることができていました。自分の足で少しは歩けてもいたのです。近所の駄菓子屋にお友だちと行くことが日課で、得意技はひも付き飴。研究を重ねて、確実に好きな飴を引き当てられるようになりました。友だちからの羨望《せんぼう》の眼差《まなざ》しに、得意げなともっちさんのドヤ顔が目に浮かぶようです。

当時から、みんなの先頭に立つガキ大将タイプ。大人になったいまもまわりを自分のやりたいこ

小学校入学前のともっちさん。自分の足で歩けていた。

とに巻き込んでいくところはちっとも変わっていません。

幼稚園時代をこんなふうに過ごしていたともっちさんは、自分を障がい児だと思ったことがありませんでした。車いす利用者としての生活が始まったのは、小学1年生の秋に発作が起きてからなので、からだもいまよりずっと自由に動かすことができていたということもあります。でもそれ以上に、ともっちさんにとって障がいは生まれたときからあるものだから、あることが当たり前だったのです。地域の幼稚園に通って、まわりは両親も妹も幼稚園の友だちもみんな「健常者」と言われる人たちだった環境も影響しています。みんなとはちょっと違うと思うことはあっても、はっきりと違うと思うことがありませんでした。ましてや、自分が障がい者だとは思ってもみなかったのです。

だから、幼稚園児のともっちさんは、みんなと一緒に地域の公立小に進学できると思っていました。でも許可が下りなかった。両親は何度も教育委員会にかけあいましたが、答えはノー。選《せん》択肢《たくし》は、養護学校（現特別支援学校）か学区外の支援学級だけ。いくつか見学をして、結局は家から一番近い都内の特別支援学校に決めました。当時ともっちさん一家は千葉県に住んでいたのですが、通学のために引越しをしました。

特別支援学校の入学式の衝撃は忘れられません。ともっちさんにとって、「障がい児」と出会う初めての機会だったのです。

自分とは違う――

障がい児とどう接したらいいの？

クラスメイトたちを前に戸惑いました。

ともっちさんはこのときの経験があるから、いわゆる健常者の人たちが、障がい者を目の前にしたときにびっくりする気持ちがよくわかると言います。障がい者とどう接してよいかと悩んだら、明日から日本語も英語も使えない国、たとえばブラジルの学校に行かなくちゃならない状況を考えてみたらいいと、ともっちさん。言葉は単語レベルでちっともわからない。自分のことを伝えられない。相手のこともわからない。一人ぼっちで学校生活を始めなくっちゃならないとしたら？

学校へ毎日通っているうちに、まわりの子どもたちのこともわかってきて、障がい児だけの新しい環境にも慣れてきました。でももし、特別支援学校に入る前から、わけられることなくずっと一緒に過ごせていたのだとしたら、初めて障がい児と会ったときのようなネガティブな感情を抱くことはなかっただろうとも、ともっちさんは思うのです。

世の中には、障がい者も含め、いろいろな人がいるってことを知ってほしい
そのためには、子どものときから一緒にいたほうがいい
お互いを知ることができる

家族でともっちさんの言っていることを一番聞き取れるのは、ともっち母でも父でもなく、妹です。生まれたときから当たり前にともっちさんがいて、ずっとそばで聞いているから、一番聞き取れるようになったのです。わたしも生まれたときからずっと脳性まひの伯母が一緒に暮らしていました。伯母が障害者手帳を持っていることを知ったのは大人になってからです。ちょっと変わっているなぁとは感じてはいましたが、それを障がいだと思ったことはありませんでした。

障がい者と言われればなるほどと納得しますが、障がい者である前に伯母は伯母です。そんなふうに思えるのは、きっと赤ちゃんの頃から当たり前にそばにいる存在だったからでしょう。だから、子どもの頃から一緒にいたほうがいいというともっちさんの考えは、とてもよく理解できます。偏見という色眼鏡をかける前に、その人自身を知ることができれば、差別をなくすきっかけになる。大人になるにしたがって、わたしたちはいろいろな色眼鏡を知らず知らずのうちにかけていることがあります。重なりすぎた色眼鏡で、大切なことが見えなくなっていることも。ともっちさんは、相手から色眼鏡をサッと取り外して、にやり。色眼鏡をかけない世界を一緒に見ようとします。なんなら、どうせかけるのならと、世界のカラフルさをありのままに楽しめる、世界がもっと愉快に見えてくるような眼鏡を一緒に創り出そうとするのです。

ちょっと……いや、それなりにまじめに障がい者教育の歴史をたどる

インクルーシブ教育を、耳にしたことがありますか？

障がいのあるなしや国籍、文化的背景、社会的地位などにかかわらず、多様な子どもたち一人

ひとりの、存在そのもの、学びや成長が大切にされ、ともに生きられる共生社会の実現を目指そうとする教育です。提唱されるようになったのは１９６０年代。アメリカやヨーロッパを中心に、障がい者も社会の一員として尊重されるべきだと、障がい者の権利運動が盛んになってきたことが背景にあります。

それ以前は、障がいのある子どもたちは、特別な施設で教育を受けることが一般的でした。これは、現在の特別支援教育の原型にあたるものです。障がいのある子どもたちは通常の学校生活から分離されていました。日本で障がい児教育が始まったのは19世紀末からですが、戦前は隔離《かくり》型《がた》の教育が主流でした。といっても、教育の機会自体がほとんどなかったというのが現実。障がい児にも教育を受ける権利が認められ、特別支援学校（当時は盲《もう》学校、聾《ろう》学校、養護学校）での教育が推進されるようになったのが、１９４７年に「教育基本法」と「学校教育法」が公布・施行されてからです。視覚障がいや聴覚障がい、肢体《したい》不自由の子どもたちも義務教育の対象になりました。逆を言えば、戦後になるまで障がい児は義務教育の対象とされていなかったということでもあります。１９７９年には、養護学校（現特別支援学校）の義務制が導入され、肢体不自由や知的障がいのある子どもたちの教育がさらに重視されるようになりました。養護学校は、障がい児が必要とするケアを受けながら学べる教育機関として、障がいの種類や程度に応じて、教育内容も個別化されるようになったのです。１９８０年代になると、障がい児が通常学級で学ぶ「統合教育」が注目され始めました。統合教育の目的は、障がい児と健常児がともに学ぶことで、社会的スキルや相互理解を深めることでした。１９９３年に「障害者基本法」が改正されると、障がい児が通常学級で学ぶことがより推奨されるようになり、２００７年には学校教育法が改正され、「特別支援教育」が正式に導入されました。従来の「盲学校」「聾学校」「養護学校」は「特別支援学校」として統合され、すべての障がい種別に対応できる教育体制が整えられました。また、通常学級内でも障がい児へより柔軟な教育が提供されるようになりました。２０１６年には「障害者差別解消法」が施行され、教育現場でも障がい児への「合理的配慮」が義務化。合理的配慮とは、障がい児が不利な立場に置かれないように、個別に必要な調整や支援を行うことを指します。現在の日本では、統合教育からインクルーシブ教育へと広がりつつあります。障がい児と健常児が同じ教室で学び、互いを尊重し合うことで、より多様性に富んだ教育を実現することを目指したものです。学校側の受け入れ体制、教師の人材育成、障がい者福祉制度との兼ね合い……教育現場には、障がいへの理解不足や制度の限界が招く混乱が山積みです。それでも、ともっちさんが心から望んだ、重度の障がいがあっても、健常児と一緒に同じ教室で同じ教科書で学べる環境が選択できるようになってきました。もしキミのクラスにも障がいのあるクラスメイトがいたとしたら、そこに至るまでにはたくさんの人の想いと試行錯誤があったことを思い出してほしい。試行錯誤がまだまだ続いていることも。

小学生になるときに、障がい児にわけられてしまった経験はつらいものでしたが、特別支援学校という選択肢はあっていいと、ともっちさんは言います。

特別支援学校に行きたい人は行けばいい
小学校に行きたい人は行けばいい
選択肢があるのは大事
選ぶことができたらいい
選択をするときに選ぶ主体が自分ではないことが問題
選択する主導権が選択する側にあってほしい

選択肢を知って、自分で選択をすること。
ともっちさんが自分の納得のいく人生を送るために、大切にしていることです。

障がい児と呼ばれることがイヤだった

最近では、インクルーシブ教育の流れの中で、重度の障がいがあっても近くの通常校の支援級に通う子どもたちが増えています。

障がい児と健常児って、どうしてわけられるんだろうと思ってた
大人になったらわかるけど、子どもの頃はわからなかった

障がい児。
生まれつき、あるいは病気で、あるいはほかの理由で障がいが生じてしまった子どもたち。意図せず自分にあるもので、障がい児とカテゴライズされ、その名で呼ばれること。たまたまだれかの人生に起きたことは、だれにでも起こりうるはずなのに、普段わたしたちはこのことを忘れて生きています。だれだっていつだって障がい児／障がい者になりうることは、頭の中から飛ん

でいます。

たしかにともっちさんが生きていくことには、だれかの支援の手がわたしよりも必要です。だけれど、生きていくことにだれかを必要とすることは、わたしも同じ。たしかに障がい者福祉制度といった公的な支援を利用する場合には、カテゴライズや名称は必要なものです。でも「障がい児と呼ばれることがイヤだった」は、自然な感情です。同時に、ともっちさんに言われて初めてハッとしてしまった、わたしの無神経さにも気付かされたのでした。

ともっちさんの人生は、だれにも真似できないくらい、チャレンジにあふれていて、とびっきり素敵です。太陽みたいにたくさんの人を照らします。だから、ともっちさんを前にしていると、障がいがあることも、その光の影に、悔しかったり悲しかったり怒り心頭だったり、たくさんの真っ暗な夜があったことも、つい小さく見積もってしまうことがあります。気が付かないうちに不快な気持ちにさせたり、怒らせたり、悲しませたりすることも起きているに違いありません。でも一つひとつ気が付いて、ともっちさんのことをまた一つ深く知っていく。躊躇《ちゅうちょ》するよりも、踏み込んでいく。怒らせたなら、ごめんなさいって謝って許してもらえばいい。それでいいと思っています。友だちってきっとそういうものだから。

友だちってなに？
一人ぼっち同士が手をつなぐ

キミにとって、友だちって？

子どもの頃のともっちさんにとって、同世代の友だちをつくることは簡単なことではありませんでした。ともっちさんが通った特別支援学校には、身体、精神、知的、それらの混合、さまざまな障がいのある子どもたちが通ってきていました。重度障がいの子どもたちがまわりに多かったともっちさん。言葉でおしゃべりができる友だちをつくる機会が限られていたのです。育ててくれている大人、学校の先生、お医者さんはじめリハビリ職も含めた医療従事者。障がいのある子どもたちが日常的に関わるのは、大人ばかりになりがちです。すると、子ども同士のささいなケンカの中から、手加減を知る、相手を思いやるといった経験が不足してしまう傾向があります。

大人になって、ともっちさんには友だちができました。子どものときにはなかなかできなかった友だちです。

「ともっちさんには友だちたくさんいるよね」と言うと、「知り合いはたくさんいるけど、友だ

JERRYBEANSのメンバーたちと。右上にいるのがユッケさん。

ちはそんなに多くない」と返ってきて、ひねくれものだなぁとにやりとしてしまいました。その「友だち」のうちの一人が、表紙のイラストを描いてくれた、ロックバンドJERRYBEANS（ジェリービーンズ）のドラマーであるユッケさんこと山崎雄介《やまさきゆうすけ》さんです。ユッケさんを含め、双子でギターの山崎史朗《やまさきしろう》さんと、ベースの八田典之《はったのりゆき》さん、JERRYBEANSのメンバー3人ともが、小学校高学年から中学校3年生まで不登校で、ひきこもりだった時期があります。

その経験を語りと音楽で伝える「講演ライブ」スタイルで、滋賀県を拠点に、全国の学校や施設を中心に活動しています。

ユッケと一緒にいるときは、自分に障がいがあることを忘れてる

音楽という共通言語で会話ができる
平等に付き合ってくれるユッケは友だち
わたしにとって、心の居場所

「心の居場所」はJERRYBEANSの代表的なナンバーのタイトルでもあります。重度の障がい者にとって心の居場所と言えるくらいの、いわゆる健常者の友だちができることは、決して当たり前のことではありません。だけれど、当たり前のことであってほしい。ともっちさんの「友だち」への思い入れには強いものがあります。

ともっちさんとユッケさんの出会いは、分身ロボットＯ《オ》ｒ《リ》ｉＨ《ヒ》ｉｍｅ《メ》を開発したオリィ研究所が取り組んでいる、自由研究部の音楽部でした。オリィ研究所は、人が社会参加することを阻《はば》んで孤独にする、社会の中にある「できない」を、テクノロジーで「できる」に変えるプロダクトを世に送り出している会社です。その音楽部では、シンクルームという遠く離れた人ともリアルタイムで音楽セッションができるアプリを使って、全国に住む障がいのあるメンバーが一緒に演奏を楽しみます。音楽部のまとめ役がJERRYBEANSだったのです。初めは月2回のオンライン練習で顔を合わせているだけでした。もっといろんな楽器を試してみたい、もっと上手くなりたいと考えたともっちさんが「個人でレッスンしたい」と、ユッケさんにメッセージを送ったことがきっかけです。一緒にオンラインで練習をするようになりました。「ドラムもやってみたい」と、ともっちさん。個人レッスンでドラムの練習も始めました。できないことがあってもそれをクリアするやり方をユッケさんと一緒に考えます。ともっちさんはテクノロジーを味方につけるのも得意です。正確には、必要なテクノロジーを開発してくれる人を味方につけるのが得意。肢体不自由な人が「スイッチひと押しで一打できる」機能を持つアームワンダを用いて、ドラムも上手に叩けるようになりました。

やりたい。わたしにももっとやらせろ

ともっちさんは「このくらいでいい」と妥協《だきょう》したりしません。相手がこのくらいだろうかと遠慮がちに提供したり、よかれと思ってともっちさんの代わりにやっておいたりしようものなら、「わたしもやりたい!」「もっとこうしてほしい」と注文が入ります。ストレートにやりたいと言い、気になったところは伝えます。

やりたいことを叶《かな》えたいときこそ、想いを伝える　言葉にする

わがままと思われるかな？　迷惑かな？

ともっちさんだって考えます。断られたらイヤだし、怖いし、かっこわるいしね。でも「こんなことをお願いしたら迷惑かもしれない」とブレーキをかけていると、相手を思ってやっていることのはずなのに、逆にうまくことが運ばないということはよくあります。もちろんユッケさんにだからこそ本音が言えるのですが、「こんなにありのままでいいんだとびっくりする」というユッケさんの言葉通り、ブレーキをかけない巻き込み力は、ともっちさんの強みです。思いやりを持って遠慮をしない、思いやりを持って言葉にするあり方のほうが、ときには人をしあわせにすることを教えてくれます。そもそも言葉にして発することができるのは、ともっちさんにとってうらやましいとすら思うことの一つです。


言葉にして言えるってじつは当たり前じゃない

だから、もしやりたいことがあるのなら、声を出して伝えてみてほしい。巻き込みたいだれかがいるのなら、一緒にやらない？って、声をかけてみてほしい。キミの「やりたい」を応援してくれるだれかの存在は、一歩踏み出した先でしか見つからない。

「みんなと同じ」学校に行きたくても行けなかったともっちさん。不登校だったユッケさん。そして、学校は休みがちで、ずっとクラスの中に自分の居場所がないように感じていたわたし。ともっちさんの「本を書いて」ということは、わたしだけでなくたくさんの人を巻き込んで、キミのもとにこの本を届けてくれています。

だれかの想いがほかのだれかと化学反応を起こして、なにかワクワクすることが起きる未来。それは社会を変えるような大きなことじゃなくていい。今日がほんのちょっと愉快になる。愉快が世界に一つ増えるたびに、愉快なほうにほんのちょっと角度が変わるとしたら――１０００年後の世界はきっともっと愉快になっているはず。

もし僕らがみんな一人ぼっちなら
一人ぼっちを理由にして手を繋《つな》ごう
――JERRYBEANS「太陽と月と僕らの唄」

第二章　子ども時代
障がいのある「ふつう」の暮らし

障がい児でも特別扱いしない「ふつう」の子育て

「ふつうさ、肢体《したい》不自由の子どもにそんなことさせる？」

ともっち母はどこにでもいる「ふつう」のお母さんです。ともっちさんのお母さんだからどんなにぶっ飛んだ人なのだろうと思っていると、よい意味で期待は裏切られます。拍子抜けするほど「ふつう」のお母さん。でもやっぱり「ふつう」ではないお母さん。

小学生時代のともっちさんは、普段は通学バスで特別支援学校から家に帰ると、ともっち母と二人で過ごすしかありませんでした。ともっち母が買い物に行っている間だけ、一人で留守番。買い物から帰ってきたともっち母の両手にはたくさんの荷物がありました。手がふさがっていて、バッグの中にある鍵《かぎ》が取れません。重度の障がいのある子どもを持つ「ふつう」のお母さんなら、荷物を脇に置いてバッグから鍵を取り出し、自分でドアを開けるでしょう。

ともっち母はなにをしたと思いますか？

「智子～、玄関を開けて」と、ピンポンを押したのです。ともっちさんは、仕方なく、ずりずりとずりばいで移動してドアを開けました。

「だって、面倒くさかったし、智子がいるのわかってたから」

ともっち母は、ともっちさんが生まれるまで障がいのある人に会ったことがありませんでした。生まれてきたのに泣かないともっちさん。仮死分娩《かしぶんべん》といって、生まれてくるときに、うまく呼吸ができずに酸素が脳に行きわたらない状態に陥《おちい》ってしまっていたのでした。障がいがあるとわかったとき、目の前が真っ白になりました。「とにかく毎日必死だった」と言いますが、重度の肢体不自由がある子どもを育てた「悲壮さ」は微塵《みじん》も感じさせません。「障がいがある子の母という自覚があるの？」と、聞きたくなるくらい、子ども任せの子育てをする人だったと、ともっちさんは言います。

「智子に聞いてください」

特別支援学校の先生が学校のことで連絡をすると、ともっち母の答えはいつもこれでした。「毎回同じ返事だから聞く必要もないけど、形式上聞いてました」と、先生たちが口を揃《そろ》えて語るともっち親子の何気ない笑い話。でも、それほど印象的だったということでもあります。重度の障がいのある子どもを育てる大人にとって、子離れ親離れは大きなテーマです。いえ、わたしにもふたりの子どもがいますが、子離れ親離れは子どもを育てる多くの大人にとって切り離せないテーマであると痛感します。子どもを程よい距離から見守ることが大切だと頭ではわかっていても、つい余計な口出し手出しをしてしまう。子どもたちにハッピーであってほしいと願うからこそ、見守るということ以上のことをやってしまいがちです。ともっち母が「面倒くさがり」だったのは、ともっちさんにとってラッキーなことでした。サラリーマンだったともっち父と二人、小さな頃からなんでも自分で決めさせてくれました。

子どもの「できる」を奪わないこと
子どもの自主性に任せること

ともっちさんの両親は、自然体で、障がい児扱いしすぎない子育てを実践していたと言えます。

きっと空も飛べるはず!? パーマンセットでヒーロになる!

ともっちさんは4歳になるまでともっち父の仕事の関係で、福岡市内に住んでいました。ご近所にあった大濠《おおほり》公園に遊びに行ったときのことです。イベントをやっていて、たまたまスクリーンいっぱいにともっちさんが映し出されました。

自分が映っていることに気が付いて、満面の笑みで喜ぶともっちさん。物心つく前から人前に出ることが大好き。わいわいした場も大好き。だからお祭りも大好き。好奇心旺盛な子どもだったと、ともっち母は言います。

「小さい頃からいろいろなことに興味を示す子でした。なんでもやりたがりで目立ちたがり」

好きなこと、興味を持ったことはとことん突き詰める。このともっちさんの性分《しょうぶん》は、小さな頃から変わっていません。2～3歳のときにはなぜかダイエーというスーパーのマークがお気に入り。一つも逃しません。遠くからでも目ざとく見つけて目を輝かせて教えてくれていたと言います。好きとなったら、のめり込む力が半端じゃないのです。

幼稚園時代、おばあちゃんに憧れのパーマンセットを買ってもらったともっちさん。「パーマン」は、ドラえもんの作者として知られる藤子《ふじこ》・F《エフ》・不二雄《ふじお》さんの、人気アニメ・マンガシリーズです。ごくふつうの小学生である主人公のミツ夫は、宇宙からやってきたバードマンに選ばれて、「パーマン1号」としてヒーロー活動を始めます。パーマンになるためには、超人的な力とスピードが手に入るパーマンマスク、空を飛ぶことができるパーマンマント、パーマン同士の通信に使うパーマンバッジの「パーマンセット」と呼ばれる三つの特別な道具が欠かせません。パーマン1号は、仲間たちと一緒に、協力して悪と戦います。正義のヒーロー、パーマン。子どもたちから絶大な人気を集める存在でした。わたしも大好きで、毎日観ていました。

パーマンセットを手に入れたともっちさん。気分はもちろんパーマンです。パーマンになりきって、部屋からベランダに向かってジャンプ！　飛んでみたら……。飛べずに頭を打ちました。幸い、大きな怪我にはつながりませんでしたが、家族もみんな大慌《おおあわ》てです。

本当にパーマンになれると思ったんだよ

大人になったともっちさんは、空こそ飛べませんが、ある意味パーマンみたいな人です。自分の正義のためにとことん戦って、最終的にはともっちさんだけでなく、たくさんの人たちがその恩恵を受けることになります。ともっちさんと長く連れ添ってきたパートナーが言います。

「智子さんにパーマンセット買ってきたら、いまなら飛べそうじゃない？」

冗談だけれど冗談にも聞こえないのは、ともっちさんが空も飛べるくらいの不可能を可能にしてきた人だから。不自由なからだを不自由に感じさせないくらいの奇跡をたくさん起こしてきた人だから。テクノロジーが発達してきたいま、パーマンセットも夢のお話ではなくなってきましたが、パーマンセットなんかなくてもヒーローになれてしまうともっちさん。もっとも、最新ハイテクが詰まったパーマンセットなんか登場した日には、きっと真っ先にモニターをやらせろと大騒ぎするに違いありません。そして、迷わず飛ぶはずです。飛べずに頭を打つことなんてこれっぽっちもおそれずに。

床に座って絵を描く絵画教室

「なるべく同世代の子どもたちと過ごせるように」

障がいがあるために、塾や習いごとに行けなかったともっちさんには、習いごとをやってみたいという強い想いがありました。ともっちさんの希望と、両親のできるだけ同世代の子どもたちと交流させてあげたいという想いが一致して、小２の時から中１まで絵画教室に通いました。当時はまだ床に座ってなら描くことができたともっちさん。最初は一人で床に座って絵を描いていました。まわりの子どもたちは、いすに座ってテーブルの上で絵を描きます。ところが、やがて、一人、二人、と、ともっちさんと一緒に床で描く光景が見られるようになってきたのです。気が付けば、みんな床に座って描くのが当たり前になりました。ともっちさんは、こんなふうに自然とまわりをともっちさんのペースに巻き込んでしまいます。ときには、手を動かしている時間よりも、おしゃべりしている時間のほうが多くなることも。

工作をする日は、ともっちさんにはむずかしいこともありました。そんなときは先生が個別に課題を考えてくれたのです。

始めた頃は、一人で描くことのできる色鉛筆を使っていました。絵の具だと水を混ぜなくてはならないので、一人ではできません。クレヨンだと、ともっちさんの握《にぎ》る力では折れてしまいます。高学年になると油絵を描くようになりました。水彩画と比べて水を使わないところが油絵のよさ。

絵画コンクールにも、みんなと同じように応募しました。入選や佳作に選ばれたこともあります。高学年になると先生の提案で、一つのコンクールに絞って、1年間かけて一つの作品を完成させました。結果は、全国的なコンクールで銅賞。表彰式典でステージに上がる経験もしました。ともっちさんが描いた絵と妹が描いた絵。実家の玄関に並べていまも飾ってあります。

行きたいところがあれば、車いすでどこへでも

小さい頃からともっちさんは外出が大好きな子どもでした。駅に階段しかなかった時代から、

両親も積極的に公共交通機関を利用して外出させてくれました。重度の障がいがあるから、車いす利用者だからと、家に引きこもるような子育てではありませんでした。行動的過ぎる大人になった原因はそこにあるかもしれないと、ともっちさん。両親に感謝です。いまは東京では大抵《たいてい》の駅にはエレベーターが設置されていますし、バスだってほとんどがノンステップ。車いすでも公共交通機関を使って、外出が便利になりました。

当時はまだバスもノンステップではなかったので大変でしたが、利用するうちに、いつも決まった時間に使うバス停では、運転手さんはじめみんなが手伝ってくれるようになったのです。住んでいる地域には、ほかよりも一早くノンステップバスが導入されました。最寄りの駅も、ともっちさんが利用する階段側には、一早くエレベーターが設置されました。偶然かもしれませんが、よく行く最寄りのイトーヨーカドーではエレベーターの操作ボタン近くに棒がぶら下げてあり、車いす利用者でも上のほうの階が届くように配慮がされています。子どものともっちさんは、不《ふ》随意《ずいい》運動があって危険だからと両親が心配して触らせてもらえませんでしたが。

障がい者に対するこうした配慮を合理的配慮と言います。障がい者にも平等に権利や機会が与えられるように、現実的で適切な調整やサポートをすることです。たとえば、学校や職場における介助者による代筆や通訳、タブレットなど特別な教材や機器の提供や許可といった、物理的なバリアの改善、フレキシブルな試験や勤務時間の設定も合理的配慮です。さまざまな場面でさまざまな配慮のカタチが考えられます。気が付けば、ともっち親子の行く先々で、こうした合理的配慮がほかに先駆けてみられるようになりました。

「わたしたちが外出するのは、それはそれでいいことだったかもしれませんね」

ともっち母は、ともっちさんが興味を持つことには、できるだけ連れて行くようにしました。SMAP《スマップ》や少年隊などのアイドルに興味を持てば、コンサート会場に連れて行きました。席まで連れていくと、ともっち母はロビーのソファで終わるのを待ちます。

「助けを求められればなにかはするけど、こちらから口出しはしない」

サッカーの練習・試合観戦に水泳の練習。ともっち母は、可能な範囲で、気負うことなくともっちさんのやりたいことに付き合いました。障がい児の親は年齢重視ではなく状態重視になりがちで

すが、年齢相応に扱うことも大切にしました。重度だからと過保護にすることもしませんでした。

自立を可能にするのは、たくさんのつながり

子ども最優先で一生懸命子育てをすればするほど、子どものことしか見えなくなる。自分の人生は後回しになってしまう。サポートなしでは一人で日常生活を送ることが困難な、重度障がいのある子を育てることになったなら、なおのこと。物理的に手を離したくても離すわけにはいきません。親と子どもとの結びつきはどうしても強くなってしまいます。自然な現象ですが、ともっちさんもまた、ともっち母同様、障がいのある子どもであっても親離れ子離れをして自立することが大切といいます。自身も脳性まひの小児科医である熊谷晋一郎《くまがやしんいちろう》先生は、「自立とは、選択肢《せんたくし》がたくさんあること、依存先がたくさんあること」と言います。育ててくれている大人だけを依存先にしてしまうのではなく、たくさんの依存先、つまりつながりをつくることこそが自立であるというわけです。

ともっちさんを見ていても、たくさんのつながりがあることが彼女の強みであり、人生の豊か

さにつながっていることがよくわかります。これは障がい児や障がい児を育てる大人にも言えることですが、だれにでも言えることでもあります。

子どもを育てる大人も、たくさんのつながりをつくって、自分の人生を生きること。子どもの自立にとって大切なことは、保護者自身が自分の人生を楽しんでいることではないかと思うのです。ともっちさんが自立した人に成長したのには、本人の元々の性格もありますが、ともっち母がしっかりとサポートしながらも、自分の人生は自分の人生で楽しんでいたからでしょう。

ともっちさんだからともっち母のような子育てになったのか、ともっち母のようなお母さんだったからともっちさんのような人が育ったのか。にわとりが先か卵が先かわかりません。この母にしてこの子あり、この子にしてこの母あり。どんなお母さんだろうと思っていたともっち母は、よい意味でスーパーママではなく、等身大の「ふつう」のお母さんでありながら、それゆえに「ふつう」ではないお母さんでした。障がいがあるからと線引きをせずに、ともっちさんという人間その人を大切にしました。

かわいい子には、キャンプと自立

一人暮らしをしたい！　自立生活をしたい！

お母さんも子離れした人でしたが、ともっちさんも子どもの頃から早く一人暮らしをしたいと願っている、親離れした子どもでした。一人暮らしへの憧れを抱いたきっかけは、肢体不自由な障がい児のための「手足の不自由な子どものキャンプ」。障がい児のためのキャンプにはいくつかよく知られたものがあります。ともっちさんが参加していたのは、社会福祉法人日本肢体不自由児協会、東京ＹＭＣＡ、毎日新聞東京社会事業団主催のものでした。歴史も長く老舗《しにせ》と言えるキャンプです。10歳のときに初めて参加しました。子どもたち7〜8名と大学生ボランティアリーダー4名が、グループで活動します。ともっちさんのグループのリーダーの一人は、福島から上京し、千葉で一人暮らしをする大学1年生でした。ともっちさんは、その人から一人暮らしというものがあることを知りました。

24時間365日、ずっと家族と一緒にいなくてはならなかった子ども時代。家族と仲がわるいわけではありません。でも、重度障がいのある子どもがいる家族にとって、お互いが離れることは、日常生活を送る上で現実的にむずかしい。キャンプで家族から離れて生活ができ、友だちとずっと一緒にいられることがとにかくうれしかったのです。ともっちさんにとっては、放課後に友だちと遊ぶことは、簡単なことではありません。特別支援学校の子どもたちは広い範囲から通ってきます。中にはスクールバスで片道2時間かけて通ってきているような子どももいます。放課後に一緒に遊べない理由は、障がいがあるからだけではないのです。学校から帰るとランドセルを置いて、友だちの家に遊びにいける5歳下の妹を何度うらやましいと思ったことか。

初めて一人で外泊した5泊6日のキャンプは、天国にも思える場所でした。親元を離れる不安からホームシックになる子もいたのに、ともっちさんは家に帰りたくなくて泣きました。ずっとキャンプが続いてくれたらいいのにと願いました。

特別支援学校で新学期早々キャンプの参加申し込み用紙をもらうと、すぐに提出しました。参加できるかがわかるのはGW明け頃です。選考会で通ると薄い封筒、選考会で落ちると分厚い封筒が届きます。落ちると分厚い封筒なのは、申し込み用紙と一緒に送っていた選考に必要な書類が返却されるからです。食事は一人でできるか、トイレは一人でできるか、意思の疎通はどうかといった質問に答えるアンケートも提出します。薄い封筒か、それとも分厚い封筒か。届く日をいまかと待ちました。薄い封筒が届いていたら、飛び上がって喜びました。分厚い封筒が届いた次の日は、学校に行く気になんてなれず、お休みです。キャンプは人気で、貴重な参加枠は倍率の高いものでした。女子でも約2倍。男子だと希望者がもっと多く、さらに高倍率でした。高校3年生、「キャンプに行けなくなるから留年させてほしい」と、直談判《じかだんぱん》に行ったときの校長先生の呆れ顔。もちろん、「そんな理由で留年は聞いたことがない。前例がない」と、却下されました。大袈裟《おおげさ》に聞こえるかもしれませんが、子ども時代のともっちさんにとって、キャンプは人生そのもの。大切なものでした。もっとも、ともっちさんが情熱を燃やしたものは、キャンプだけではありませんでしたが。

倍率がさらに高くなっては困るので、学生時代は友だちにキャンプの楽しさを教えてあげませんでした。「いじわるだね」と言ったら、ニヤニヤ笑い返されてしまいました。ともっちさんも人間だから、やさしいときもあれば、いじわるなときもある。ともっちさんがよく言う「みんなと同じ」。当たり前の話ですが、なぜか障がいのある人はピュアな人に違いないという、逆偏見に遭遇することがあります。でも、きっとともっちさんが単にいい人なだけだったら、わたしは本を書きたいと思えるほどの友だちにはなっていなかったとも思うのです。

キャンプから離れてもう何十年も経ちますが、ともっちさんはいまではキャンプを積極的にすすめています。大学などに講演に呼ばれて話をするときにも、よくキャンプの話をします。子離れ親離れの練習に、キャンプはぴったりだと考えているからです。

恋愛に障がいは関係ない　マイノリティの恋愛事情

ともっちさんにとって、もう一つのキャンプの楽しみが、イケメン探し。大学生ボランティアの中にイケメンがいないか、好みのタイプがいないかを探すのです。だんだん高学年になってくると、ある疑問が湧《わ》いてきました。大学生リーダー同士はカップルになったり、いずれ結婚したりするけれど、どうしてリーダーだけでくっつくんだろう？　健常者であるリーダーと障がいのあるキャンパーがカップルになることがほとんどないのはなぜ？

前例をつくるのがわたしだから、前例をつくった

高校1年生のとき、ともっちさんには恋人ができました。相手は、キャンプボランティアとし

てずっと関わっていたリーダーです。しかも「もっとイケメンがよかったんだけど」。

　恋愛感情や性欲、結婚。障がい者には、とりわけ重度の身体障がいや知的障がいがあると、なぜかこれらを前提としてないかのように扱われることがあります。人間の基本的な欲望や感情がないわけないのに、ないことにされてしまう。家族はじめ身近な支援者にこそ踏み込みづらい領域です。かつ、一番の壁になりうる存在でもあります。実際にわたしの伯母に同じように知的障がいのある人との縁談があったとき、祖母は全力で阻止しました。母は伯母には伯母のしあわせがあるはずだと縁談を進めることを提案しました。嫁姑《よめしゅうとめ》問題はどこにでもあるお話ですが、わが家ではケンカの種は大抵伯母。わたしにはどちらの言い分が正しかったのか、いまでもわかりません。人生には簡単には答えの出ない問いがたくさんあります。もし伯母が結婚をして、子どもが生まれていたとしたら？　現実にはいない、知的障がいのある両親を持ついとこの存在を考えるとき、思考停止してしまうわたしがいます。

　ともっちさんにとって一大イベントだったように、恋愛は思春期のキミたちにとっても心の大きなウエイトを占めるものかもしれませんね。障がい、恋愛、インクルーシブというテーマを考えるとき、わたしにはＳＯＧＩ《ソジ》あるいはＬＧＢＴＱＩＡ《エルジービーティーキューアイエイ》というテーマが切っても切り離せないものとして脳裏に浮かび上がります。インクルーシブは、障がいだけでなく、性別、性的指向、性自認、年齢、国籍と、さまざまな違いがある人たちみんなを包括するものです。ＳＯＧＩとは、

「Sexual Orientation and Gender Identity」の略で、日本語では「性的指向と性自認」を意味します。どのような性に惹《ひ》かれるか（性的指向）と、自分自身がどのような性別であると認識しているか（性自認）の二つの要素があります。セクシャルマイノリティなどに限らず、すべての人を含む考え方です。

性的指向のカテゴリーには、異性に惹かれるヘテロセクシャル、同性に惹かれるホモセクシャル、複数の性別に惹かれるバイセクシャル、性別に関係なく惹かれるパンセクシュアル、だれにも性的な感情を抱かないアセクシャルがあります。

性自認の主なカテゴリーには、性自認が出生時の性別と一致するシスジェンダー、性自認が出生時の性別と異なるトランスジェンダー、男性や女性のどちらにも属さない、あるいはその中間にある性自認のノンバイナリー、自分の性自認を模索しているジェンダークエスチョニングがあります。これらをまとめてSOGIで表現しています。

セクシャルマイノリティの多様なアイデンティティを表すLGBTQIAは、女性が女性を好きになるレズビアン（Lesbian）のL、一般的に男性が男性を好きになる（広く同性に対して恋愛感情や性的感情を持つ人全般を示すこともあります）ゲイ（Gay）のG、バイセクシュアル（Bisexual）のB、トランスジェンダー（Transgender）のT、クエスチョニングあるいはクィア（Questioning または Queer）のQ、生まれつき性別がはっきりと男性または女性に分類できない身体的特徴を持つインターセックス（Intersex）のＩ、アセクシュアル（Asexual）、または、ＬＧＢＴＱＩＡの当事者ではないものの理解し支持するAlly（アライ）のＡの頭文字をとった略称です。

だれに恋愛感情や性的感情を抱くのか、あるいは抱かないのか、自分をどんな性であると認識するのか。

恋愛感情や性的感情の濃淡やあり方は人それぞれだから、恋愛第一主義から無関心まで、いろんな想いやカタチがあっていい。恋バナに盛り上がり、青春を謳歌《おうか》したともっちさん。一方で、周囲が恋愛話で盛り上がっていても、もっとおもしろいことがあるのになぁと、ノリについていけない学生時代を過ごしたわたし。極端ですが、とあるイベントで、ベストセラー作家さんが「恋愛なんて人生で一番どうでもいいもの。ムダ」と言い切っていたのには、笑ってしまいました。ムダとは思いませんが、ちょっぴり共感したわたしもいたのでした。

いろんなあり方があっていい。周囲に合わせる必要もない。どんなふうにありたいか、どんなふうに感じているのか。ただ、キミの気持ちを大切にしてほしいと思うのです。自分の気持ちを大切にすること、気持ちを伝えることや行動に移すことに、障がいやコンプレックス、得意不得意は、関係ない。これは恋愛に限ったことではありません。

大人になっても実行するのがむずかしい、本当はシンプルなはずのことを、シンプルにやってのけるともっちさんをみていると、やっぱり「障がい」があるのはどちらだろうと考えてしまいます。

大人にもレスパイト
互いにウィンウィンな寄宿舎生活を満喫する

毎日がキャンプみたいで楽しかった

ともっちさんが通った特別支援学校には寄宿舎がありました。ともっちさんは、小学5年生のときと高校2年生のとき、1年間ずつを寄宿舎で過ごしました。学校がある期間だけ、寄宿舎生活が送れます。5年生のときは水曜日から土曜日までの3泊、高校2年生のときは月曜日から土曜日までの5泊でした。障がい児が生きていくことに必要な基本的習慣と社会性を身に付けることが主な目的です。

順当に老いていくならば、子どもを育てる大人は先にこの世を去ることになります。子どもが育ててくれる大人から自立していくことは、障がいのあるなしにかかわらず大切なことです。障がい児を育てる大人にとって、自分がいなくなった世界で子どもが生きていく環境をいかに整えていくか、いかに生きていくことに必要な術を身に付けさせるかは、より切実なことと言えます。

育てる大人にとっても、子どもと一時的に離れる休息（レスパイト）の時間は重要です。どんなに子どもを愛しく思っていても、四六時中一緒にいてはからだにも心にも疲れが溜まります。子どもにも大人にも、自分のための時間が必要です。寄宿舎は、障がい児の自立が最大の目的ですが、育てる大人のためのレスパイトの意味もあります。重度障がいのある子どものいる家庭では、もう何年も墓参りすらできていない、まったく休息が取れていないということは少なくないのです。


ともっちさんといえば、もちろん寄宿舎生活を謳歌しました。寄宿舎には、学校の先生とは違う先生がいて、小学生から高校生が一緒に寝泊まりします。スクールバスで下校してしまうと友だちと遊べませんが、寄宿舎なら友だちと遊べます。先生といっても寄宿舎の先生は、親のような立場だったり、お兄さんお姉さんのような立場の先生だったり。ともっちさんにとっては、キャンプが毎日続いているようなものでした。毎日放課後に友だちと遊べるどころか、そのまま一緒に暮らせるのですから。

「はっきり言って、家族と過ごすよりも、友だちと過ごせる寄宿舎生活のほうが断然楽しかった」と、消灯時間まで、めいっぱい楽しい時間を過ごしました。

畑で蕎麦《そば》を育てたり、季節ごとにイベントがあったり。学校の授業とも違い、家庭ではできない体験ができます。小5のときは、中高校生の中に混じって、アイドルの話をしました。当時は少年隊派かKinKi Kids《キンキキッズ》派かで、寄宿舎はわかれていました。ともっちさんは少年隊のヒガシ（東《ひがし》山紀之《やまのりゆき》）。やっぱりイケメン好きです。5年生のともっちさんには、小学生の就寝時間が早く、先に眠らなくてはならないことが不服でした。

小5のときにはただ楽しいだけだった集団生活も、高校2年生になると面倒くさいと感じることも出てきます。ただでさえ、違和感をスルーできない、正義のヒーロータイプ。寄宿舎のルールに疑問を感じる場面が増えてくると、異議申し立てをするともっちさんがときには反抗的にみられることもあり、仲良しの先生がいる一方で、目の敵《かたき》にする先生もいました。ともっちさんだからと、あきらめ半分で応援してくれる先生もいました。好きな先生が夜勤だとテンション上がります。先生たちのシフトを勝手に把握《はあく》していくことも寄宿舎生活の楽しみでした。いまはもうどうなっているかわかりませんが、夜中にお腹《なか》が空《す》いて眠れず、夜食制度をつくったこともあります。準備してあるものをレンジでチンして夜食に出してもらうというだけですが、生徒が主体となって生活を進化させたこと、寄宿舎のルールを変えることができたことは、よい思い出です。

家庭では経験できないことを経験できた寄宿舎生活は、のちに大人になったともっちさんが自立生活といって一人暮らしをする上でも大切な時間になりました。

第三章

特別支援学校時代

自分でご飯を食べられなくても勉強はできる

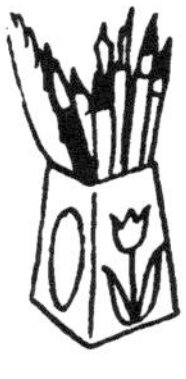

言語障がい＝知的障がいという誤解
教科書で勉強がしたいのに

教科書で勉強がしたいのに勉強させてもらえない

地域の小学校に入れなかったともっちさんは、小学校から高校まで特別支援学校に通いました。特別支援学校では、教科書を使って勉強する教科グループがあります。小学低学年のときはなぜか教科グループには入れてもらえず、教科書を使った勉強を始めたのは5年生になってから。幼い頃から知的好奇心の塊《かたまり》と言ってもいいほど、学びたい気持ちの強い子どもだったともっちさん。なのに、教科書がもらえなかったのです。教科グループに入れてもらえない。勉強したいのに、勉強させてもらえない。だから、教科書をもらえたときの喜びは忘れられません。教科書を使って学べることがうれしくて、うれしくて。

先生たちに悪気があったわけではありません。言語障がいが知的障がいと勘違いされてしまうことは、ともっちさんに限らずありがちなことです。障がいへの思い込みや勘違いは、それほど無意識に深く溶け込んでいるということでもあります。重度障がいのある子どもたちの中には、ほとんど言葉を発することはできないけれど、周囲が言っていることはちゃんと理解しているという子どもたちもいます。でもアウトプットする術《すべ》がないために、「理解していない」とみなされてしまうリスクがとても高いのです。すると、本来できることや学びからも遠ざけられることになってしまいます。障がい児と接する先生たち（に限りませんが）には、すみずみにまで感性を研ぎ澄ませて、表情やちょっとした動き、小さなシグナルを見逃さない姿勢、全身で訴えようとする声なき声を聴き逃さない姿勢が、より求められているとも言えます。

特別支援学校に通う子どもたちは、教科書を使って授業ができる知的能力があるのかをはじめ、通常校よりもさらに学習レベル、身体機能レベルに開きがあります。そこで、ともっちさんの通った学校では、学年ではなく縦割りのグループわけで活動するものと、学年で活動するものにわけられていました。修学旅行や遠足は学年です。授業は、基本縦割りのグループで行います。教科グループも縦割りです。学年も学力も違う生徒たちに同じ教科書を使って一斉授業をすることがむずかしく、個別対応が必要不可欠です。ともっちさんの特別支援学校の授業は、数人の生徒に対し、先生一人で個々に対応するスタイル。でも、1時限分45分間の授業すべてを先生が生徒一人ひとりに1対1で対応することはできません。15分ごとの個別対応でした。

教科書を使って学べることが楽しくて、学校も楽しくなってきたのも束《つか》の間《ま》、中学に入ると、先生からまたもやこの言葉を聞くことになります。

「どうして自分でご飯が食べられないのに、勉強ができるの?」

逆に聞きたいくらいです。

どうして勉強ができないと思うの?

すっかり学校が嫌になってしまい、学校を休むことが多くなりました。学校には行きたくない。それでも、中学に進学してからがんばったことがあります。英語です。

通常校よりも科目授業時間自体が少ない上に、字を書くのにも時間がかかってしまうともっちさんにとって、1年間で教科書1冊分を授業時間内で終わらせることは無理な話でした。小学部を卒業した時点で算数は4年生レベル。そもそも教科書で学び始めたのが3年生からなのだから、当然といえば当然です。中学1年生になっても、数学の授業で算数をやっていた記憶があります。すでに差がついているほかの教科とは違い、当時は学校で英語を学び始めるのは中学1年生からでした。いまの子どもたちのように小さな頃から英語を学んでいる子はあまりいなかった時代です。英語は一斉に同じスタート。中学1年生でみんなと同じ教科書でよーいドン。負けず嫌いのともっちさんにとって、英語は希望の光になりました。

中学2年生になって、担任の先生が英語の先生になったことも大きな変化でした。英語への情熱は先生にもすぐに伝わりました。授業時間だけでは教科書を終わらせることができないので、夏休み・冬休み返上で特別に授業を行ってくれたのです。英語だけは3年間で3冊を終わらせ、英検も3級に合格。東京学芸大学の英文科出身で、学芸大には障がい者枠があることを教えてくれたのもこの先生です。

英語をがんばれば、大学に行ける

英語は新しい道を示してくれました。

障がい者の一番しあわせな進路は、作業所という思い込み

勉強って楽しい！

中学3年生までは、自分一人でできることといったら勉強。勉強をすることが楽しくってしかたがなかったともっちさん。がんばれば、大学進学も可能だろうと思っていました。でも、高等部に入るとまた教科書を使っての授業がなくなってしまったのです。

「勉強よりも自分でできることを増やしなさい」

担任の口から出てくるのはこれだけ。

英・国・数・理・社。5教科においても、教科グループにいるにもかかわらず、教科書を使わ

ないどころか、全生徒が同じ内容の授業。高等部進学早々、一人ひとりに応じたペースで勉強を進められないことに対して納得がいかず、先生相手にたたかいました。数学だけは引き続き中等部からの教科書を使わせてもらえましたが、そのほかの教科については理解が得られませんでした。しかも、床に座り、体を安定させた姿勢でしか字を書けないともっちさん。中等部までは許されていたのに、高等部では机の上で書くように強《し》いられました。

なんのために中学3年間をがんばってきたのだろう?

先生の言い分は、みんなでやることが大事の一点張り。大学に進学したい意志を伝えても、「大学卒業後はどうするの? なにもできないあなたは就職できないのだから、みんなと協力できる力を付けたほうがいい」と、耳を傾けてはくれませんでした。進学という希望はかき消されてしまいました。

「あなたが行けるのは作業所だけ」

特別支援学校からの大学進学率はいまでも2%程度です。先生にとって重度障がいのある生徒が大学進学するという選択肢《せんたくし》は、想像すらしないものであったことは理解できなくはありません。

現在、特別支援学校から一般企業への就職率は30％強です。障がい者への公的な福祉サービスである就労移行支援、就労継続支援A型／B型、いわゆる作業所に行く生徒たちも30％強。いまでこそ、一般企業でも障がい者就労枠ができ、障がい者が働く選択肢は増えました。福祉サービスも充実してきて、就労支援サービスから一般企業へと移行する人も増えています。一方で、30％程は卒業後どこにもつながらずに在宅生活を送っているということでもあります。

作業所へ行けるということが障がい者にとってのしあわせだという考えも、そのために特別支援学校では勉強よりも自立を教えなくてはならないという考えも決して突飛《とっぴ》なものではないとも言えます。いまだによく見られる価値観でもあるのです。

ですが、「作業所で必要だからトイレと食事の自立をしなさい」と言われても、できることとできないことがあります。トイレも食事も介助者がいなくては成立しないのです。このことに意志や努力はちっとも関係ありません。にもかかわらず、手伝ってもらえない。

障がいに限らず、勉強、スポーツ、習いごと、仕事、人間関係。意志や努力ではどうにもならないものに、意志や努力が足りないと理解がされないことは、わたしたちの日常にあふれています。しかもこの無理解は「知らない」ことから生まれていることが多いのです。ただ「知らない」だけ。そして「知らない」ことにわたしたちは鈍感になりがちです。ほんの少し他者への想像力を働かせることができたら、知らないことや無理解から生まれる不幸なすれ違いを、社会からまた一つ減らすことができるのではと、思わずにはいられません。

ともっちさんは、朝学校へ行って家に帰るまで、トイレに行かない「自立」を身に付けました。

「できなくて、当たり前」が、「くやしい、勝ちたい」へ変わった障がい者スポーツとの出会い

進学の夢は早々につぶされてしまった高校生活でしたが、ともっちさんが在学していた頃の高等部は、障がい者スポーツに力を入れていました。全国障害者スポーツ大会の東京都選手団に毎年1〜2名は選ばれていましたし、ハンドサッカー大会も毎年1位か2位は当然の強豪校。熱意がある体育の先生も多く、スポーツには恵まれた環境でした。プロサッカーチーム、鹿島アントラーズファンの体育の先生は、いろいろなスポーツを映像で観せてくれるうえ、実際に競技にトライさせてくれる人でした。

スラロームは、赤と白のピンが置かれたコースを車いすで走り、時間を競う競技。そして、重度障がいがある車いす利用者を対象とした競技がビーンバッグ投げです。名前の通り、大豆《だいず》など

特別支援学校から生まれたハンドサッカー。

の豆を入れたバッグを投げて、距離を競います。

　肢体《したい》不自由の特別支援学校では、運動機能に違いのある子どもたちが一緒に行える競技を探していました。とりわけ子どもたちがやりたいと望んでいたのが球技です。試行錯誤の過程でたどり着いたのが「障がいの種類、程度を超えて誰もが楽しめ、主役になれる」を謳《うた》ったハンドサッカー。特別支援学校における体育の研究発表が誕生のきっかけです。東京都内の特別支援学校2校がルールを統一し、交流試合を行うところから始まりました。試合を観た先生たちがハンドサッカーの可能性に気が付いて、自分たちの学校でも取り入れるようになったのです。当時は都内の特別支援学校だけのスポーツでしたが、年1回大会を開催していました。ともっちさんは、高校2年生で副キャプテンに選ばれる実力。ハンドサッカーは、高校時代に最も情熱を燃やしたスポーツで、初期の時代を支えたエース選手だったわけです。

　小さい頃からサッカーやバレーボール観戦が大好きでした。大きくなったら全日本女子のバレーボールチームに入って、世界で憧れの選手とバレーをやりたいという夢を持ったこともありました。でも、自分の障がいを認識するようになってからは、スポーツは観るだけの世界。

障がいのある私でも選手になれる

高校1年生のとき、東京都の障害者スポーツ大会に出場したことがともっちさんの人生を変えました。競技は、スラローム。負けて、くやしかった。勝ちたかった。できなくて当たり前から、くやしい、勝ちたいへ。選手としての勝負魂が目覚め、スイッチが切り替わった瞬間です。

体育の授業で出会った障がい者スポーツは、ともっちさんに新しい世界への扉を開いてくれました。

夢に制限をもうけない　水泳でパラリンピックへ

私も水泳でパラリンピックに出る

パラリンピックの存在を知ったのも体育の授業。高校3年生のときでした。先生がアトランタ・パラリンピックの水泳競技の映像を観せてくれたのです。単に「観る」で終わらないのがともっちさん。同時に夢を抱いてしまいました。パラリンピックの選手になる、という夢を。ほとんど泳いだ経験もないのに、いきなりパラリンピックの選手。

夢を実現する人の共通項は、夢に制限をもうけないことです。「自分にはできない」とは、これっぽっちも思わない。はじめから、パラリンピックの選手になって、ゴールドメダルを手にする自分を描いてしまう。描けてしまう。いまの自分も過去の自分も関係ありません。未来の自分の姿をくっきりとイメージする力。ともっちさんは、いつも手に入れたい未来を最初から当たり前のようにイメージし、口にします。いまの自分にできるできないは関係ありません。人からどう思われるかなんて気にもしません。決めたら、あとは自分が納得するまでとことんあきらめない。やり続ける。

水泳をやると決めたともっちさん。高3の夏のプール期間、仲良しだった体育の先生にお願いして、週1回程度でしたが、放課後に特別にプールに入れてもらいました。練習というよりは、水遊びに近いものでしたが、プールに入る楽しさを知ることができました。

勉強が好きだった中学生のときとは180度変わって、高校時代の好きな教科といえば体育。熱心な体育の先生のおかげで、今度は体育大学に行きたくなってしまったくらいです。特別支援学校時代からずっと、スポーツはともっちさんの人生にとって欠かせない存在となりました。

指1本で弾《ひ》く電子ピアノが教えてくれた音楽の楽しさ

いまでは実家のリビングで埃《ほこり》をかぶっているアップライトのピアノ。5歳違いの妹のために両親が買ったものでした。ピアノ教室に通っていた妹。発表会で間違って「どうしよう」と嘆《なげ》いている妹に、心の中で本気でイラっとしました。

ピアノ教室に私も通いたかった
発表会のキラキラのドレスを私も着たかった
私だったら、練習して、妹よりも上手く演奏するのに

ピアノを習える妹がうらやましかった。その思いを溶かしてくれたのが、音楽の授業で出会った電子ピアノでした。

特別支援学校では、音楽は日常にあふれていましたが、授業としての音楽が始まったのは、中等部に進学してからでした。ともっちさんは、自分の学校に音楽室があることを6年間知らなかったといいます。

当時の特別支援学校の授業は、先生の裁量にかなり任されていました。

音楽の楽しさを知ってほしい
楽器を演奏するよろこびを知ってほしい

そう考えた先生がともっちさんのために用意してくれたのが電子ピアノだったのです。すぐにピアノの虜《とりこ》になりました。持ち前の好奇心とやる気で、どんどん習得していくともっちさんに、先生も熱心に教えてくれました。指一本で弾けるのは白鍵盤《はっけんばん》だけですが、和音に聞こえるような音の出し方や音を飛ばしても気付かれない弾き方。自分なりの裏ワザを開発しました。

いかに上手に弾くか
上手に聴こえるように弾くか
上の学年の子たちよりもだれよりも私が上手だった

にやりと笑ういたずらっ子みたいなともっちさんの表情を見ると、いい顔するなぁとわたしはいつもニマニマしてしまいます。またなにかおもしろいことをひらめいたんだなってこともすぐにバレます。わかりやすいのです。
電子ピアノを通じて、音楽は、ともっちさんが自分を表現できる、人生にとって大切なものの一つになりました。

特技を伸ばす環境はどこにひそんでいるかわからない

「ドラムの音のボリュームをあげたほうがいい」

ともっちさんにはプロのミュージシャンたちの心をとらえて友だちになってしまうという特技があります。それができるのは、ともっちさんが楽曲の細かなアレンジの違いにも気が付ける、音楽プロデューサー並みの上等の耳を持っているから。的確な（つまり、容赦ない）フィードバックができるから。

ともっちさんの親友ユッケさんがドラマーのバンドJERRYBEANSは、ファンクラブ向けに毎週オンラインライブを行っています。ドラムを叩く一方、機材をつないだパソコンで音楽の調整をしているユッケさんに、ともっちさんからチャットの絵文字で暗号文のようなものが送られてきます。ほかのファンにはわからないようにという、ともっちさんなりの配慮と遊び心です。

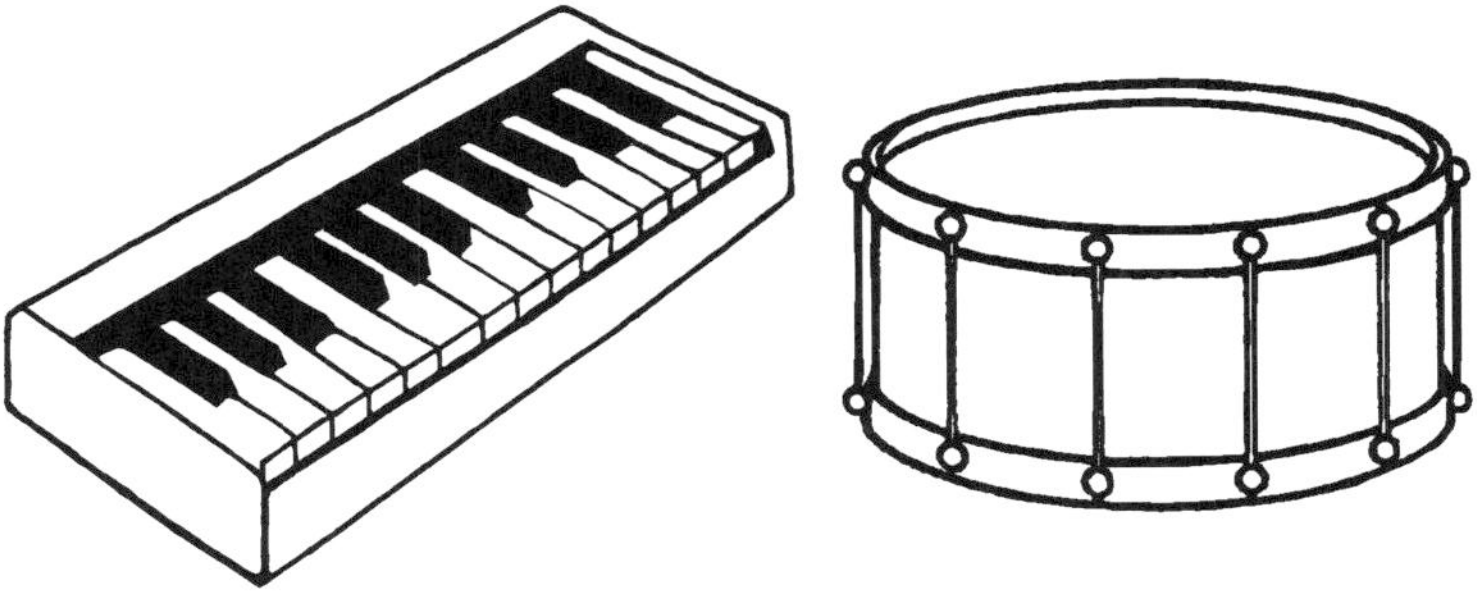

電子ピアノにドラム。音楽はともっちさんの人生の友。

「夢はJERRYBEANSのプロデューサーになること」と言うともっちさんに、「もうすでにプロデューサーみたいなものでしょ。さらに厳しくしていくよってこと？」とユッケさん。

「間違えると、すかさず厳しいフィードバックがある（笑）。でも、ほかのメンバーが間違えたときにドラムを変わらず叩き続けてたのは素晴らしかったって、いいところもほめてくれる。プロデューサー視点が入ってくると、通常はプロ意識が強く働きすぎて、音楽を純粋に楽しむところからは遠ざかってしまいます。でも、智子さんは両立できている。うらやましいし、尊敬します」

プロのミュージシャンたちからも信頼される、ともっちさんの音楽センス。育まれた背景は、意外なところにありました。

特別支援学校や寄宿舎は、常に音楽が流れている環境でした。一つには、音楽には生活の流れを意識してもらい、習慣を付ける役割がありました。朝礼のときにはおはようのあいさつの歌、給食のときにはこれから食事ですよの歌という具合です。もう一つには、時間割に算数や国語といった教科が書かれていても、教科書を使った授業をすることがむずかしく、一日中音楽の時間のようになっているクラスもあるのです。言葉を発しない子どもたちばかりだと沈黙の時間が続いてしまうため、先生はずっと歌っています。音楽が、コミュニケーションの手段なのです。先生によって同じ曲でも曲調が違ったり、ときには間違って誤魔化《ごまか》したり、伴奏だけだったり。伴奏もピアノだったりギターだったり。だから、ともっちさんは大人になるまで、健常者の大人はみんなピアノかギターが弾けるものだと思っていました。先生の歌をBGMに、一人でもくもくと算数や国語の問題を解いていたともっちさん。下手な先生だと気持ちがわるくなりました。常に音楽が生活とともにある環境の中で、気がつけば、ささいな違いも聞き逃さない耳ができあがっていたのでした。どんな経験がその人が持つどんな能力を引き出してくれるのかはわからないなと、ともっちさんを見ていると思います。

人生の公式は、シンプルなようでいて複雑で、複雑なようでいてシンプル。だから、おもしろい。

障がいがあっても、能力を発揮できる選択がしたい

「山下さんはなんでもできるから、どこでも行けてよいわね」

高等部卒業が近づくにつれて、同学年の保護者からよく言われた言葉です。ともっちさんは、自分でどんどん道を切り開きます。だから、「なんでもできる」ような気がわたしもしてきます。だけれど、「それは大きな勘違い」だと、ともっちさんは言います。たしかに勉強ができて、言語障がいはあるけれど会話もできて、自分の意思をしっかり伝えられる。でも、医療的ケアは必要としなくても、日常生活では24時間介助が必要なのです。たとえば、いまともっちさんは天文宇宙検定を目指して勉強しています。本棚には、検定の勉強のための星の図鑑。勉強したいと思っても、自分で目の前にある本を取ることもできません。読むにしても、見える角度と見えない角度があります。ただぽんと置かれても見えないし、読めないのです。健常者は自分で本棚から本を取って、ページをめくって読むことができる。ともっちさんは、本一つ読むにも介助者が必

要です。介助者がいなければ、「なんでもできない」のです。

卒業後の進路には、ともっちさんも頭を悩ませました。担任にとって、障がいのある生徒の進路先としては、作業所が一番のしあわせ。でも、ともっちさんにとっては、年に何日間かの作業所での現場実習ですら、苦痛の種。大好きな体育の授業に出られないことも、憂鬱《ゆううつ》に拍車をかけました。そもそも作業所に行ったところで、手先を使う作業ができるわけでもありません。一体なにをやれというのか。本当につまらなく感じて、担任に「作業ができないので、つまらないです」と伝えたら、「仕事は楽しいことばかりじゃない」と軽く返されてしまいました。

自分で言うのもなんだけど、私ってとにかく中途半端な障がい
自分がやりたいことと、現実的にできることが違い過ぎちゃう

たとえば、障がい者枠で公務員試験を受けたとします。勉強すればたぶん筆記試験には合格したでしょう。でも、日常動作の自立というところで無理なのです。ようするに、学力的には問題なくても、身体的にむずかしい。障がい者の職業訓練校や一般企業の障がい者枠でも同じで、日常動作が自立していなければ入れません。結局は、地域の作業所や生活実習所のような、身体ケアが受けられる施設に行くしかないのです。でも、ともっちさんが満足しないのは目に見えてい

ます。パソコンは使えたので、本気で探せばパソコンを使った在宅勤務での就職もあったかもしれません。小学生の頃、国語の作文を鉛筆で書いていて疲れてくると、ともっちさんは文章を短くまとめてしまうクセがありました。担任からワープロを使ってみたらと言われたのがきっかけで、小学6年生のときからワープロを使うようになっていました。高校になって、パソコンの授業があるときには、パソコンがほぼ使えていたのです。特別支援学校はＭａｃ《マック》、家にあるのはＷｉｎｄｏｗｓ《ウィンドウズ》だったので、両方が使えるようになっていました。だから、パソコンを使った仕事は考えられなくはない選択でした（実際にいまはパソコンを使った業務をしています）。

でも、外へ出たがりやのともっちさんにとって、家にずっとこもって仕事なんて考えられなかったのです。

自分の能力を最大限に生かすことができる選択肢なんてない！

周囲には、わがままにも見えていたかもしれません。でもこれは「わがまま」でしょうか？悩みに悩んだ末、ともっちさんは在宅生活を選ぶしかありませんでした。

最近、ともっちさんは、「特別支援学校の先生になりたい」と思うことが増えました。特別支援学校に通う後輩たちから、将来の進路の相談を受けているうちに、そう考えるようになりました。ともっちさんの人生は、障がい者を取り巻く社会運動や障がい者福祉制度の歴史と重なります。ともっちさんが子どもの頃にはまだ得られなかった環境が選べる時代になったのです。にもかかわらず、どんな選択肢があるのかを当事者の子どもたちに教えてはくれません。自立生活という選択があることも、特別支援学校でも支援学級でも教えません。教員の教育課程には、特別支援学校への実習もなければ、教員自体が知る機会がないということもあります。学校の先生自体が自立生活のことを知らないのです。知らないことは教えようがありません。経験豊富なともっちさんなら、自立生活も進学も障がい者スポーツもいろいろな選択肢があることを提示することができます。

ともっちさんは、選択肢があることの大切さを強く訴えます。選択肢がない不自由さをだれよりも知っているからです。ともっちさんらしい自由な発想と粘り強さで切り開いてきた不自由の扉。その一つが、在宅生活、そして、自立生活です。

第四章　自立生活を始めてから
重度の障がいがあっても
一人暮らしはできる

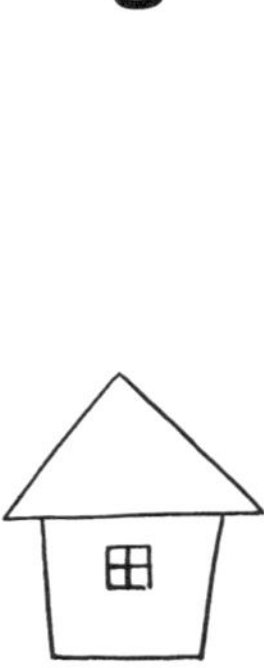

一人暮らしで、自由を手に入れる

私よりも障がいが重度の人たちが自立生活をしている

特別支援学校を卒業後、実家での在宅生活が始まると、知り合いに自立生活センターを紹介されました。気分転換を兼ねて、週に1回だけ、電車を使って一人で通いました。そこで知ったのが、自立生活です。自立生活とは、障がいのある人が一人暮らしをすることです。食事にトイレ、生活に介助が必要なので、家族以外の介護ヘルパーなどの介助者のサポートを受けて自分で生活することを言います。障がいがあっても介助者のサポートを受けながら、一人暮らし、自立生活をしている先輩たちの姿を目の当《ま》たり《あ》にしました。

まだ制度が整っていない時代から、先輩たちが自立支援の道を切り開いてくれていました。制度ができる前は、親が高齢であるといったような特別な事情がない限り、介護サービスを使うことができませんでした。しかも、外出も家族に連れて行ってもらうことが基本だったのです。

ともっちさんが高等部を卒業し、在宅生活が始まると、ともっち母は積極的にプールに連れて行ってくれたり、月に1回はヴェルディの試合や練習に連れて行ってくれたり、ともっち母なりにがんばってくれていました。でも、5歳離れた妹が中学生だったこともあり、ともっちさんが行きたい日に行きたい場所に必ず連れて行ってもらえる環境ではなかったのです。それに、18歳にもなれば、障がいがあろうとなかろうと、親と一緒に行きたくない場所だってあります。母親の時間に合わせて生活をするのも窮屈《きゅうくつ》でした。だから、自立生活のことを知ったとき、ともっちさんは、一人暮らしをすれば介助者のサポートで自由に生活できると、うれしくなってしまいました。親と離れての生活は、小5と高1の2年間、学校の寄宿舎に入舎をした経験もあります。小4のときから夏休みになると5泊6日のキャンプにも参加していました。キャンプで大学生ボランティアから話を聞いて以来、憧れでもあった一人暮らし。その頃から親と離れた生活の楽しさを知っていたので、不安はまったくありませんでした。

自立生活を始めようと決めた同じ頃、認知症の祖母が実家に同居することになりました。そのまま実家にいれば、ともっち母が祖母とともっちさんの両方の介助を毎日一人ですることにもなってしまいます。「タイミング的にもちょうどよかった」と、ともっち母もともっちさんも二人で声をそろえます。重度障がいがあると、自立生活を始めるにあたり、特に親に反対をされるケースがあります。ともっちさんの両親はむしろ大賛成。自分で決めるということと、決めたことを応援してくれるということ。ともっちさんがこの両親でよかったなと思うのは、こんなときです。

障がいがあるというだけで、どうしてプログラムを受けなければ一人暮らしができないのだろう？

一般的には、重度障がいのある人が介助者のサポートで一人暮らしを始めるときには、地域にある自立生活センターで、自立生活プログラムを受けます。介助者との関わり方やお金の管理などを学ぶのですが、ここでも疑問ガールのともっちさんは一筋縄ではいきません。たしかに、健常者が一人暮らしをするのと、障がい者が介助者のサポートで一人暮らしをするのではわけが違います。だけれど、なぜプログラムを受けなくてはならないのか、疑問を抱いてしまったのです。腑《ふ》に落ちないことは飲み込まない主義。ともっちさんは、プログラムを受けませんでした。障がい者が自立生活をできるようになったことには、障がい者運動（障がい者の権利を守り福祉の向上を求める社会運動）の恩恵があります。ともっちさんもとても感謝しています。でも、障がい者運動の中で生まれた、プログラムを受けなくては自立生活ができないということには、長年にわたる固定観念的なものがあることを、ともっちさんは感じていました。

本当にそうなんだろうか？

当たり前とされている常識や固定観念を疑うこと。おかしいと思ったら、おかしいと言うこと。仕組みを変えたい気持ちもありました。制度や受けられるサービス、最低限のことは自分でいろいろと調べましたが、なにからなにまで全部自分一人でやったわけではありません。自立支援センターで話を聞いたり、実際に介助者のサポートで自立生活をする様子を見せてもらったり、介護サービスを受ける申請のために役所へ一緒に行って交渉してもらったり。協力もたくさんいただき、とても感謝しています。

家探しから住民票の異動、福祉手当の申請まで、ともっちさんは親とではなく、すべて介助者と行きました。ともっち母の出番は、アパートの契約のときくらい。契約の日まで、ともっちさんがどんなアパートに住むのか、両親は知りませんでした。ちなみに、現在どういう制度を使って生活をしているかも、ともっち母は知りません。

願いを実現するためのアクションをするから実現する

私が住める部屋はないの?

初めは板橋区で一人暮らしを実現させたともっちさんですが、いざ物件を探し始めると、とにかく大変。車いすを使えるように1階かエレベーター付き、玄関までに段差がない、お風呂とトイレは別と、条件が多くなってしまいます。自立生活のための条件に合う物件がまずないのです。運よく物件があったとしても、車いすというだけで、どの不動産屋さんからも門前払い。話も聞かずに断られることが続きました。重度の障がい者が一人で生活をするなんて、不動産屋さんの発想にそもそもなかったのです。このままでは自立生活以前に部屋探しで終わってしまいます。そこで、ともっちさんは考えました。実際に町を歩き回り、玄関まで車いすのまま行けるアパートを探し始めたのです。空室がありそうだと思ったら、その場で電話をかけて、室内を見せてもらいました。

なにか叶《かな》えたいことがあるとき、まずはやってみる。エラーが続くときは、違うアプローチをしてみる。それでもエラーが続くなら、ゴールに近づくためのアクションはなにか分析してみる。今度は、それをやってみる。ともっちさんは、トライ&エラーのサイクルが速いのです。そしてあきらめない。だから、最後には最適解を探し当てます。

かかりつけの病院のある板橋区で5年間生活したのち、2軒目で念願のヴェルディの練習場とスタジアムに通いやすい場所へと引っ越しが叶いました。

重度の障がいがあっても自立生活ができる

これはともっちさんが伝えたいことの一つですが、特別支援学校でも教えてくれません。学校卒業後に養育者の元を離れて生活を始める場合でも、障がい者向けのグループホームや支援施設での集団生活が一般的です。とりわけ、重度の障がいがある場合、一般の賃貸住宅で自立生活をすることはほとんど想定されていません。

前例をつくるのが私だから、前例をつくった

「前例がない」を正当な理由にしがちな日本社会において、前例をつくることは意味があります。自立生活ができる、賃貸契約もできる。

「社会に出たら、甘くない、大変だよ」と散々言われてきたともっちさんですが、社会に出て「大変だ！」と感じたことがあまりないと言い切ります。むしろ、特別支援学校時代のほうが大変だったと。ときにはあきらめることも選択肢《せんたくし》の一つに入ることもありますが、生きていく上で大変なこと、不便だと感じることがあっても、解決方法や代わりになる方法はかならずあると信じています。

重度障がいがあると「できない」と思われていることを「できる」で塗り替えてきたのは、できないとあきらめたくないし、続く若者たちにできるということを知ってほしいからです。

24時間365日快適にケア（介助）を受ける方法
自分で介護事業所を立ち上げる

こうしてともっちさんは、20歳から自立生活を始めました。24時間365日ほとんどの時間を介助者のサポートが受けられるように、障がい者制度の重度訪問介護サービスを利用しています。制度を利用することで、自立生活は可能です。

ともっちさんが自立生活を始めた頃は、まだいまのように障がい者のための制度は整っていませんでした。始めは、個々の介助者と契約を結び、サポートを受けていました。そのうち、介護事業所と契約し、複数の介護事業所から介助者を派遣してもらうようになりました。でも、事業所によって細かいルールや対応、ケアの質などがマチマチ。

「自分で自分のための介護事業所をつくったほうがいいよ」

一番自由度の高いケア（介助）を提供してくれていた事業所の社長からの言葉でした。行きたいところ、会いたい人、やりたいことでいっぱいのともっちさんを近くで見ていた社長は、もっと自由にチャレンジしてほしいと応援したくなってしまったのです。アドバイスにとどまらず、立ち上げ方までくわしく教えてくれました。

２００９年７月に、個人事業主として「サポートチーム・むく」をスタート。個人事業主として、一時は納税者となったともっちさん。税務署に税を納める手続きに行くと、窓口で受付をしてくれた男性に、「あなた、障がいがあるのに納税者だなんてエライ」と大声で褒《ほ》められました。

男性は無邪気に褒めてくれたのでしょうが、ともっちさんはモヤモヤ。「障がい者は納税者になれない」、つまり、「障がい者は働けない」が前提にあるからこそ出てきた言葉だと感じたからです。障がいにとどまらず、相手を褒めているように見えて実際のところは下に見ていたり、差別していたりすることはよく見られる光景です。

「失礼な話だよね」と笑いながら語ってくれましたが、この手の笑えない「笑い話」は数知れず。自分も知らず知らずのうちにやっていることがあるだろうと思うと笑えません。

2年後の2011年8月には、株式会社サポートチーム・むくを設立。株式会社に移行する段階で、16歳の時にキャンプで知り合って以来の長年のサポーター／パートナーに社長を任せることにしました。株式会社にしたのには、友人の脳性まひの女性の存在がありました。からだが大きい彼女の入浴介助には、どうしても男性の介助が入ってしまいます。仕方がないとわかっていても、彼女には耐えられない苦痛でした。相談を受けたむくが、居住地以外の23区で彼女の願いを叶えるためには、法人にする必要がありました。障がい者福祉サービスは、都道府県、また、各自治体によって提供されるサービス内容が異なることがあります。事業所も各自治体の規定に合わせて指定を受ける必要があるのです。全国同じではなく、各自治体で対応が異なれば、担当者の解釈も異なる。こちらでは認められたのに、こちらでは認められない、ということも起こります。自治体による特例もあります。結果的に、受給できる額も自治体によって異なってきます。

障がい者にとって、どの自治体を居住地にするかは、受けられるサービスに関わる大事な問題でもあるのです。

自分らしく自由に生きるために、自分で事業所を立ち上げたともっちさん。5日までに来月の予定を出してください、明後日は介助者の都合で17時までになります、毎週同じ時間にしてくださいといった、事業所の都合に振り回されずに、自分のルールでケアプランを立てることができます。一方で、自分でも介助者探しのアンテナを常に張っていたり、制度のことも勉強して熟知していたり。1ケ月の介助シフトを組み立てるのは、毎月ひと苦労。翌月の予定を前月の初めまでにしっかりと立てないと、生活に合わせた介助者を入れることもできなくなってしまいます。ですから、自由な生活とはいえ、ともっちさんの場合は、かなりキッチリした生活になっています。できるだけ変更がないように予定を立てているつもりでも、生活には変更がつきもの。変更に対して自分で再調整しなくてはならない大変さはありますが、事業所として直接介助者と連絡が取り合えるのは、事業所を設立した最大のメリットだと感じています。

福祉の勉強をする以上の経験が得られた専門学校時代

「専門学校に行って、福祉を学んでみたら？」

特別支援学校を卒業後、ボッチャのスタッフに勧められたのが福祉専門養成学校。１９９９年12月から一人暮らしを始め、半年後の２０００年４月から1年間、専門学校生として学生生活を謳歌《おうか》しました。実は、高校３年生のとき、卒業後の進路先として、実家の近所の福祉専門学校を考えたことがありました。受験内容が一般教養と小論文だけだったのも魅力でした。ところが、ともっち母と一緒に、直接専門学校に足を運んで、受験のお願いをしたところ、福祉専門学校なのに、障がいを理由に受験させてもらえなかったのです。

一度はあきらめた専門学校でしたが、今度の学校は受験を認めてくれました。障がい者枠はなく、一般入試。試験時間の延長とパソコンの持ち込みを許可してもらい、そのほかは健常者と同じように受けました。福祉専門学校らしい適切な合理的配慮の下、試験を終えることができたのです。合理的配慮は、やりすぎない範囲で行われることがとても大切です。一人ひとりの困りごとにちょうどよい塩梅《あんばい》のサポート。こう考えると、合理的配慮は、なにも障がい者だけでなく、すべての人に必要なものに思えます。

同じ黒板で同じ授業をみんなと受ける

無事に合格したともっちさん。始めは授業についていけるかと不安でいっぱいでした。障がい者福祉サービスの制度上、学校や会社で介助者のサポートを受けることは原則できません。朝の満員電車に乗って学校へ行くことやレポート提出など慣れるまで苦労しましたが、だれかしらクラスメイトが自然に手伝ってくれました。友だちにノートを借りたり、課題を手伝ってもらったり。授業をさぼって友だちと遊んだり、朝まで友だちの家で飲んでそのまま学校へ行ったり。カラオケに行って、大好きなＳＰＥＥＤ《スピード》やＳＭＡＰの歌を歌ったり。健常者にとってはごくありふれた経験かもしれません。でも特別支援学校ではできなかった経験です。自分に障がいがあることを忘れて、思いきり学んで、思いきり遊びました。

勉強以上にこういう経験ができたのがよかった

青春と呼びたくなる1年間。専門学校をすすめてくれたその人には大感謝です。専門学校で福祉を学んだことは、ともっちさんが自身の自立生活サポートプランを立てたり、のちにサポートチーム・むくを設立したりする上でも役立ちました。唯一不満があるとしたら、一人暮らしを始めて思う存分ヴェルディの試合を観《み》に行けると思っていたのに、学生になってあまり行けなくなったことくらいです。

いまの障がい者福祉制度の下で、重度の障がいがあって働こうと思ったら、国会議員になるか、親と一緒に住むかしかない

最近は、重度障がいがあっても、在宅で働ける社会になってきました。視線入力やスイッチコントロールなど、パソコン操作のテクノロジーも進化しているからです。自宅に居ながら、リモートで就労支援を行っている団体もあります。

東京都の日本橋には、オリィ研究所が運営する分身ロボットカフェDAWN《ドーン》 ver.β《バージョンベータ》があります。このカフェでは、全国各地に住んでいる重度障がいのある人たちが、曜日や時間を選んで、それぞれの自宅から、人間と同じくらいの大きさのＯｒｉＨｉｍｅ《オリヒメ》というロボットを操作して接客業務をしています。ＯｒｉＨｉｍｅとペアとなって、店員として働くのです。仕事なので、たとえ月1日、数時間の勤務だとしても、報酬は発生します。重度障がいのある子どもたちの中には、将来DAWNで働きたいという希望を持っている子もいます。

重度障がいがあっても、将来働くことができる

DAWNは、重度障がいのある人が働くことの可能性を広げてくれました。ですが、大きな課題があります。現在の障がい者福祉制度では、就労時間に介助者による介護を受けることは認められていないのです。重度訪問介護サービスを利用して、1日中パソコンを使ってゲームで遊ぶことは許されても、同じパソコンで仕事をするとなると、介護サービスが使えなくなってしまいます。働きたいなら、介助者を自費で雇《やと》うことが必要です。あるいは、家族の介護であれば、働くことができます。つまり、同じ重度の障がいがある人でも、家族が介護をしている場合は、介助者を使わずに働ける。でも家族が急病で介護ができなくなれば、たちまち仕事ができない状況が発生します。一方、介助者に介護をしてもらっている場合は、自費で介助者を雇わなくては働

くことができない。しかも、介助者を自費で雇うならば、時給5千円ぐらいの仕事でなければ、収入がプラスにはなりません。働くだけマイナスになってしまいます。働けば働くほど、マイナスになる仕事をキミならやりますか？

ともっちさん自身は、現在は、月に数時間だけ、自身が立ち上げた会社の仕事をしています。その時間は重度訪問介護サービスが使えません。マウスや視線入力を使ってパソコン操作はできるとはいえ、書類をめくってもらったり、その時の体調によっては車いすの座面と背もたれの角度を何度も変えてもらったりしなくては作業ができないことがあります。不随意《ふずいい》運動があるため、マウスから手が離れると自力で手を戻すことも大変です。一人で完璧に仕事をこなすことはむずかしいため、事業所のスタッフに手伝ってもらえる状況で事務作業をしています。

ほかにもOriHimeやZoom《ズーム》を使って、市役所の売店で福祉作業所のつくっている商品の売り子になったり、星つむぎの村のイベントのオンライン配信を行ったり、横田基地という米軍基地でのマーケットで売り子になったり（アメリカ人のお客さんが多いので英語で対応します）。基本ボランティア活動なのは、働いて報酬を得るとなると、24時間介護が使えなくなってしまうからです。本当は報酬を得て働きたいに決まっています。でも重度の障がい者にとって、24時間介護が受けられるかどうかは、生活の質そのものに直結します。いろいろなテクノツールが発達し、重度の障がいがあっても働こうと思えば働ける時代にはなりました。ですが、ソフト面に対して、制度面が追いついていないのが現状です。自治体によっては介助付き就労を認めているところも一部ありますが、基本は家族の支援の下に働くことで成り立っています。冗談のように、働きたいなら国会議員になるしかないと言われるのは、重度障がいのある国会議員が誕生したことで、参議院が議員活動中の介助費用を負担するという特例的な対応で就労できているからです。

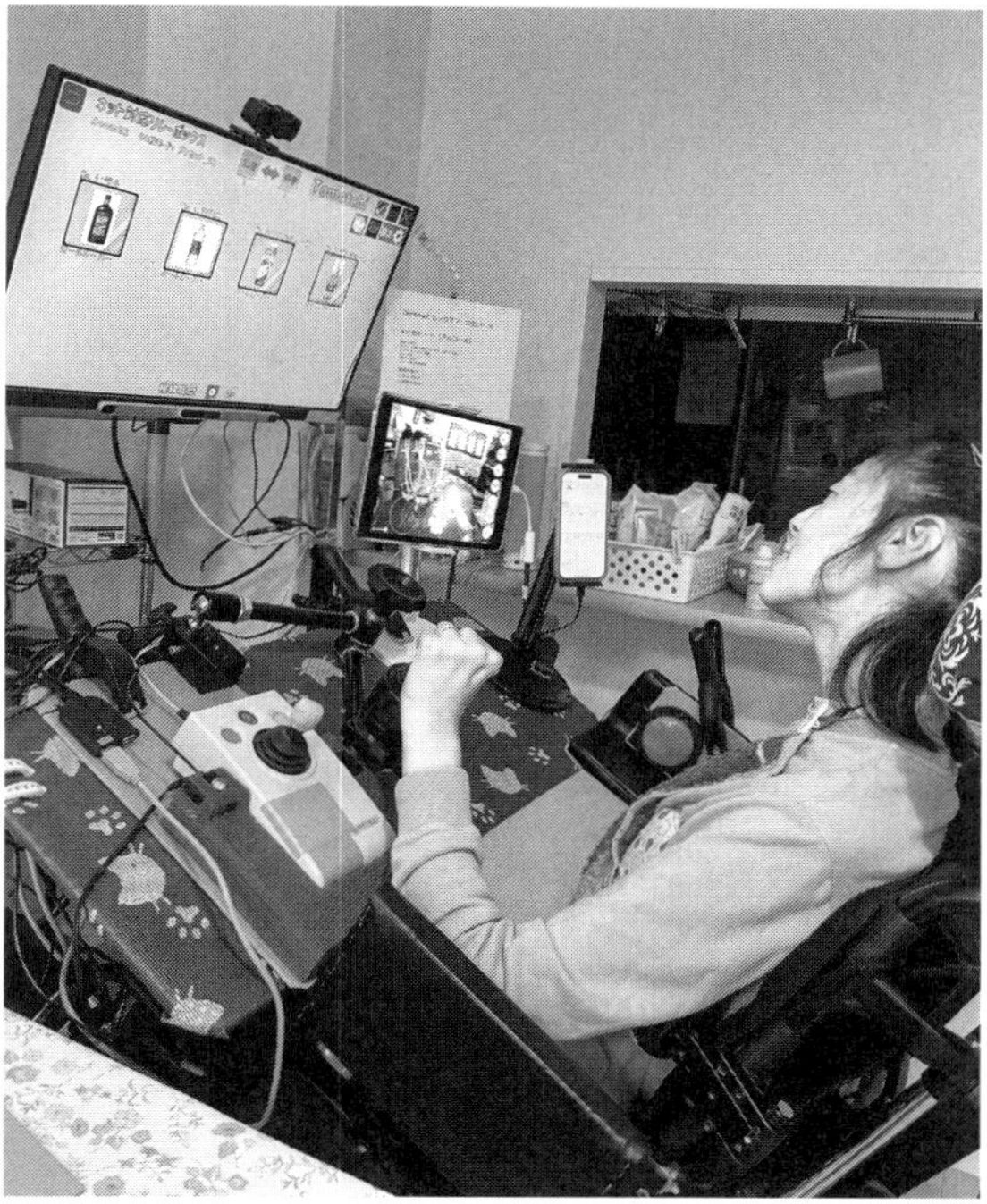

OriHime をパソコンで操作するともっちさん。

就労に重度訪問介護が使えないように、通学にも基本的には重度訪問介護が使えません。使えるのは学校が休みのときだけです。身体介護は受けられるので、お風呂に入ることはできますが、1ヶ月ごとの時間数が決まっているので、毎日入ることができないという状況が生まれます。また、スマホ利用時のパケットみたいに時間が余ったからといって翌月に振り替えることができないのも玉に瑕《きず》です。自治体によっては通学しながらも24時間介護を受けられるような制度が使えるところもありますが、やはり一部。地域格差が生まれています。働くにしても、大学や専門学校に進学するにしても、付きっきりで介護できる健康な家族がいることが前提条件になっているのが現実です。車の運転もそうです。介助者の運転する車での移動は認められていませんが、介助者の運転での移動が可能になれば、重度障がい者の生活の質が向上することは間違いありません。ともっちさんのように家族に頼らず、自立生活の中で自分らしく生きようとすると、さまざまな制度の壁にぶち当たることになります。

現状の制度では、就労や通学といった希望を実現するためには、成人しても親と一緒に住み続け、自立生活はできないことになってしまいます。また、このことは、家族の就労や生活にも困難をもたらす場合があります。少しずつ変わってきてはいますが、特例や自治体ごとの対応ではなく、介助付き就労や通学が認められれば、選択肢はぐっと広がります。重度の障がいがあっても、本人が望むならば、自立生活ができ、働くこともできる。たとえば結婚をしたとしても、パートナーを介助者とすることなく、制度を利用しながら働ける。

障がいのあるなしにかかわらず、自立した生活の選択肢があってほしいと願うのはよくばりでしょうか？　障がいがあっても、仕事をして報酬を得たいと願うのは、大学へ行きたいと願うのは、よくばりでしょうか？

子ども時代からいろいろな体験をする

脳性まひのように現状では１００％治る見込みのない障がいでは、できないことにフォーカスをすることには意味がありません。できないものはできない。ですが、できないを決めつけることもまたできません。一人ひとりの中にある残存機能（残っている力）の中で、可能性を最大限に引き出すことはできます。どんな人生の楽しみが持てるのか、どうすれば自発的にその人らしく生きていけるようになるのか。

子ども時代にできるだけいろいろな体験をさせてあげることが大切

たとえば、家の手伝いにしても、健常児なら家の手伝いをさせる親が多いのに、障がい児の場合、手伝いをさせてもらえる機会がほとんどないのが現実です。でも、お米の研《と》ぎ方など手伝いから学ぶ家事は少なくありません。将来本人が一人で米を研ぐことができるようになるのかならないのかは別の話として、手伝いを通じて米を研ぐという経験をしておく。すると、将来介助者に米を研いでもらうときに、極端な例ですが洗剤で米を洗い出したら違うよと言うことができるかもしれない。あるいは、会話の中で、「お米を研ぐみたいに」という表現で共通理解をして、共犯者になったかのようにニヤッと笑うことができるかもしれません。障がい児に手伝いをさせると二度手間になって、親が大変ということはよくわかります。でも「やってみたい」気持ちは、障がいのある子どもたちにもあるはず。そこで親が面倒くさがらずに、体験をさせてあげることで、障がいがある子どもたちの将来の生活に幅を持たせることができるのです。

これは障がいのあるなしにかかわらず、子育て全般に言えることかもしれません。健常児の子育てでも親はその子の能力を伸ばそうと必死です。そのとき、苦手の克服も大事ですが、得意にフォーカスする。それ以上に、経験値を高める。いろんな経験をさせてあげる。親子で一緒に経験してみる。失敗しないように、ではなく、失敗してみることも大事。ともっちさんが大きな成果を残せたのだとしたら、それは小さな失敗と試行錯誤を積み重ねてきたからです。

なんでもやってみたいことは早い段階で、親子でチャレンジをしてみることが大切だし、失敗してみることも生きていくためには必要

「家の手伝いなんていいから勉強しなさい」と言わずに、家の手伝いもさせてみる。家の手伝いなんてイヤだなと思っているキミも、経験の一つだと思って嫌がらずにやってみて。家の手伝いには、責任感の育成、自己効力感の向上、社会性の発達、問題解決能力の向上と、現代人に求められている社会的能力をアップさせる効果があることが研究でも証明されているらしいしね。

ともっちさんはというと、子どものときの家の手伝いの経験が少なかったからか、大人になってから、遊び感覚で卵を割ってみたいとか、菓子パンの袋を開けてみたいとか、フッとしたときに感じることがあります。感じたときにはやってみます。卵を割るのに失敗したとしてもかまわない。遠慮する必要もありません。自立生活なのですから。

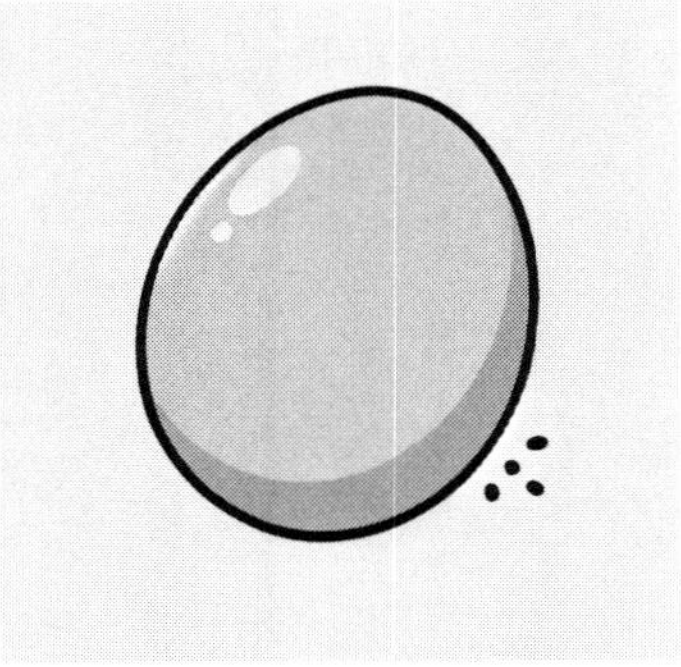

やりたいことを実現するには、介助者とのコミュニケーション

やりたいことが実現できるための介助者とたくさん出会えますよ〜に

新年の願いを込めて絵馬に書かれたともっちさんの直筆。「やりたいことが実現できますよ〜に」でもいいはず。なのに、「やりたいことが実現できるための介助者とたくさん出会えますよ〜に」とあるのは、それほどともっちさんにとって介助者の存在が必要不可欠だということです。

介助者は私にとっての色鉛筆

苺を描くときの赤。葉っぱを描くときの緑。ポツポツを描くときには、いろいろな色。色鉛筆みたいに、いろいろな介助者が必要と言うともっちさん。やりたいことがたくさん、しかもサッ

カー観戦にボッチャにプール、英会話、音楽と多ジャンルにわたるともっちさんの、介助者です。どの介助者でも、ともっちさんがやりたいことを100%できる生活が理想ですが、介助者にも得意不得意があるのは当然です。その日の介助者によって、何をするか決めることもあります。予定していた介助者が熱を出して来られなくなると、事前に考えていた生活プランがプラン通りに過ごせなくなるので凹《へこ》みます。ともっちさんも介助者も健康管理には気を付けています。

やりたいことが
実現できるための
介助者とたくさん
出会えますように
2024.1.20
サポートチーム・むくでは、介助者随時募集中！

自立生活を送る上で、介助者の確保と介助者とのコミュニケーションは、一番のテーマとも言えるかもしれません。やってほしいことを的確に適切に介助者に伝えることができて、初めてともっちさんの生活は成立します。やってほしいことすべてにおいて、ともっちさんが介助者に伝える手段は言葉しかありません。「やって見せたほうが早く伝わるのに！」と、イライラしてしまうこともあります。育った環境が違えば、洗濯物の干し方一つ違います。どう言葉で説明すれば、望む干し方で干してもらえるか。日常のささいな一つひとつを言葉で伝えていかなくてはなりません。介助者は介助のプロですが、一人の人間。同じ言葉で同じように伝えても、A介助者にはすぐ伝わっても、B介助者にはなかなか伝わらないこともあります。ともっちさんには言語障がいもあるので、新しい介助者が入ったときは、コミュニケーションがスムーズになるまでが大変です。慣れるまでは、短時間の介助や特に外出などの予定がない日にお願いするなど、ともっちさんなりの工夫をしています。以前は、伝わるまで、どんなに時間をかけても、ともっちさんが自分一人で伝えていました。いまは介助者が介助者に伝えてくれたり、パートナーがいるときはパートナーが介助者に伝えてくれたりするようになったので、精神的ストレスは減りました。

最終的には人と人との関係。合う介助者もいれば、ちょっと合わない介助者も正直います。本当に合わない介助者には、生活をする上で支障も出てくるので辞めてもらったり、逆に辞めていかれたり。以前は介助者の半数以上が大学生だったので、長くて3年半、短い人は半年と、介助者の入れ変わりも激しいですが、中には学生時代からそのまま続けてくれている介助者もいます。

常に介助のためにだれかがいる生活は、精神的に疲れることもありました。でも、もうさすがに慣れました。本当に一人で過ごしたいときは、介助者に外で時間をつぶしてもらうとか、一人になる時間をつくる工夫はできます。介助者のサポートを受けながら、自分がやりたい生活を始めて25周年。大変なことをあげれば、キリがありません。みんながみんな理解してくれるわけでもない。「こんな生活はおかしい」と、反発をかうこともあります。お互いを想い合う気持ちは大切ですが、どんな生き方をしようと、最終的にはともっちさんの自由。

多くの人に支えてもらって、知らず知らずに迷惑をかけていることだってあるかもしれないでも、多少の迷惑をかけても支えてくれる人がいる限り、私はやりたいことをやらなきゃって感じ

巻き込み力ハリケーン級ですが、ともっちさんのやりたいことは単にわがままとは言えません。やりたいを貫き通した先に、ともっちさんだけでなく、支えてくれる人、巻き込まれた人、みんなにとってウィンウィンで、愉快痛快な世界が広がっていることがよくあります。

ときには単なる嵐に終わることだってあるかもしれない。穏やかな凪《なぎ》の日も……あるかな……凪の日だってたぶんある。病める日も健《すこ》やかなる日も、嵐の日も凪の日も、どんなときでもともっちさんを側で支えてくれているのが介助者の存在です。家族でもなく、友だちでもなく、契約を交わしたビジネスパートナーであるという点が介助者のおもしろいところです。介助者という存在がいてこそ、ともっちさんはやりたいことができます。やりたいことを叶えるには、支援者

だけではなく、理解ある介助者の存在が欠かせないのです。これは、株式会社に置き換えると、投資家という支援者だけでは会社は成立せず、会社のために働いてくれる社員、つまり介助者の存在がなくては会社が成り立たないということと似ているかもしれません。大切なのは、なにか成しとげたい想いを、サポートしてくれる仲間、とりわけ社員（介助者）に、理解してもらい、わかち合うこと。

自立生活25年間、いままでともっちさんの生活に関わってくれた介助者は、１００人以上になります。ともっちさんの介助者になってみたら楽しそう？　あまりにもやりたいことに邁進《まいしん》するともっちさんにイラっとすることもあるかもしれませんが、きっとたくさんの愉快な経験ができることは間違いありません。サポートチーム・むくでは、いつでも介助者を募集中です。

ディズニーランドは、さすが夢の国だった

子どもの頃、ともっちさんはたまたま作文コンクールを見つけました。優秀賞がディズニーペアチケット。チケット狙いで書いて応募しましたが、世の中そう甘くはありませんでした。結果

と一緒に届いたのは3千円の文具券。封筒を開けて、ガッカリした思い出があります。

大人になったともっちさんは、リベンジではありませんが、ディズニーランド&シーにハマっていた時期があります。値上がりする前のディズニーランド&シー。年間パスポートを買って、通い詰めました。ともっちさんのお気に入りの一つがディズニーシーにある「タートル・トーク」。S.S.コロンビア号の海底展望室でウミガメのクラッシュとおしゃべりを楽しむアトラクションです。「質問がある人?」と聞かれると、ともっちさんは迷わず手を挙げます。大体、1回につき2~3人が当てられます。当ててもらうために、わざわざ前のほうの障がい者席を選ぶくらいです。20回以上行って、4回当てられました。こういう話を聞いていると、この目立ちたがりの人とどうして友だちになれたのだろうと、不思議な気持ちになってしまうことがあります。

さて、ウミガメのクラッシュはとてもおしゃべりが上手です。質問によっては「海の世界にはないことだ」とあえて答えず、お客さんを沸《わ》かせます。ともっちさんが、「どういうふうに泳ぐのが好きですか?」と質問すると、「お前はどうだ?」とうまいこと切り返してきます。言語障がいのあるともっちさんの発言は、会場のお客さんも聞き取れないのではないかと介助者が通訳しようとしたところ、クラッシュに「隣の男、俺には通じてるぞ。通訳はいらない」と怒られたこともあります。

クラッシュの身内には障がい者がいるに違いない

「アラジン」のジーニーが主役の夏のウォータープログラム「サマーオアシス・スプラッシュ」では、小さいジーニーがお客さんに水鉄砲で水をかけまくります。ともっちさんは、ここでも迷わず濡《ぬ》れに行きます。電動車いすでジーニーの近くへ。一般的な感覚ならば、あきらかに障がい者の、しかも電動車いすのともっちさんに水をかけるのは躊躇《ちゅうちょ》しそうなものです。いくら本人が自ら水をかけろといわんばかりに目の前にやってきたとしても。が、ジーニーは至近距離5㎝から引かずに、容赦なくやってくれました。

ジーニーも身内に障がい者がいるに違いない

年間パスポートで、スペアリブだけ食べにくるような、コアなファンにすら「身内に障がい者がいるに違いない」と思わせるディズニーランド＆シー。きっと偶然ではなく、遊びにきたお客さんには障がいがあろうとなかろうと、夢の国を楽しみつくしてほしいという徹底したプロフェッショナルのなせる技だろうと感心してしまいました。

障がい者割引のあるユニバーサル・スタジオ・ジャパン（ＵＳＪ）と違って、ディズニーランド&シーには障がい者割引はありません。だからこそか、車いすに配慮したものが多く、障がい者だからと断られるアクションは少ない傾向にあります。とはいえ、ディズニーランド&シーにはめずらしい、回転型のジェットコースター「レイジングスピリッツ」は、一度は断られてしまいました。断るにしても、スペシャルチケットが用意されているのはさすがディズニー。種類も1種類ではなく、いくつもあります。「ビッグサンダーマウンテン」も自力で階段をのぼらないといけないというルールがあり、一度は断られそうになりましたが、そこは交渉で粘ります。1回乗ってしまえば、次回からは、「前に来たときは乗れましたよ」が使えるようになるので、初回が肝心です。

「レイジングスピリッツ」は大のお気に入りで20回、いや30回は乗ったでしょうか。45度で上がっていくときにともっちさんが必ず言うセリフがあります。

いまこの角度でご飯食べてぇ

からだを固定できないともっちさんは、食事をするにも負担がかかります。普段からベッドで横になったまま食事をすることもあります。「レイジングスピリッツ」のしっかりと上半身が固定されていて45度という角度がからだには快適で、思わずこのセリフが飛び出してしまうのです。

障がい者割引がないからこそ、遠慮せずにいられる一方、障がい者だから乗れないものがある以上障がい者割引が必要では？　とも、ともっちさんは言います。ディズニーランドに限らず、というよりもむしろ夢の国の外側の学校や職場、医療機関、自治体……障がい者を取り巻くさまざまな場面で課題は山積みです。障がい者への合理的配慮もその一つ。統一したものがあるわけではない分、むずかしいのです。

どこが線引きか
適切な権利の主張なのか
わがままなのか

権利の主張やわがままという文脈に終わらせずに、その先の議論に運ぶことが大切なのではないかと、わたしは考えています。対話を通じてお互いの世界線を照らし合わせていく作業の中から、納得のいくおとしどころを探し当てていく。もっとも、ディズニーランド&シーは、重度の障がい者にもすでに相当配慮された夢の国であることは間違いなさそうです。ディズニーの仲間たちの身内にはどうやら障がい者がいるに違いない、のですから。

第五章　障がいがあるから、社会を変えてきた

想定外のエントリーで世界新記録

高校を卒業後、福祉的な手当がなく貧乏暮らしをした2年の期間中も、スポーツはともっちさんの心の支えでした。その間に、特別支援学校でお世話になった体育の先生は、障がい者スポーツセンターの隣の特別支援学校の先生になっていました。スポーツセンターは、障害者手帳があれば無料で使えます。始めは、ともっち母と一緒に水泳の練習のためにプールに通っていました。時折、先生が付き添ってくれることもありました。そのうちスポーツセンターの若い女性スタッフと意気投合。ボランティアで一緒に泳いでくれるようになりました。

練習に付き合ってくれた体育の先生や友だちになったスタッフのおかげもあって、21歳のときに水泳の日本代表に選ばれました。2001年にイギリスで開催された脳性まひの人のための国際スポーツ大会・ロビンフッド大会。エントリーしていた25ｍのほかに、急遽《きゅうきょ》50ｍに出場することになりました。おおらかな時代でした。世界中を見回しても、重度の障がいがあって50ｍをゴールまで泳ぎ切ろうという物好きはそうそういません。夢中で泳ぎ切ると、まわりは大騒ぎ。

世界新記録を打ち出していたのです。

イギリスでの世界大会では、うれしい再会もありました。ともっちさんが英語にも情熱を燃やしていたことを覚えていますか？　高校生のときから英会話教室に通っていたともっちさん。イギリス人の先生とは、プライベートでも一緒に食事をする仲になりました。日本語の話せない先生と、言語障がいのあるともっちさんが、カタコトの英語で会話しながら、日本語でなんとかウエイトレスさんに注文を伝えながらの食事。最近では、ＡＩが高精度に同時通訳してくれる時代に他言語を学ぶ意味がどこにあるのかという声をよく耳にします。キミも思っていませんか？　別に英語なんて話せなくても、ＡＩがあるじゃないかと。たしかにビジネスだったり進学だったりといった目的を果たすことだけならＡＩでことが足りるかもしれません。

ＡＩを通じてではなく、自分のからだを通じて、五感を働かせながら母国語でない言葉で会話をすること。目の前にいる人のことが知りたくて、友だちになりたくて、その人の国のことが知りたくて、言葉を学ぶこと。ただ純粋に母国語以外の言葉を学ぶ楽しさを味わうこと。ともっちさんの英語を学ぶ姿勢は、他言語を学ぶことの本質を感じさせてくれます。こんなともっちさんだからこそ、母国に戻っていた先生が世界大会にわざわざ応援に駆けつけてくれたのでしょう。ともっちさんの情熱は、国境を越え、人の心を動かします。

水の中にも3年　浮き具なしで、命がけのパラリンピックを目指す

「障害者スポーツ文化センター横浜ラポール」で、水泳の練習をしていたともっちさん。浮き具を付けて浮いているともっちさんのフォームを見ていた別のコースのコーチが言いました。

「浮き具なしでも泳げるようになるんじゃないかな」

ともっちさんにとって、浮き具を外しておぼれれば、命の危険に直結します。が、もちろん、そんなことはお構いなし。パラリンピックを目指すには、浮き具を外す必要があったのです。月4回、ラポールの職員から個別指導が受けられることになりました。

まずは、浮き具なしで浮くことからスタート。が、思うようにはいきません。「布団に寝るような感じで寝ればいい」と言われても、普段ベッドで横向きに寝るともっちさんには、布団に仰《あお》向《む》けに寝る感覚がわからないのです。また、意識的にからだを動かしていることもあれば、不随《ふずい》

意《い》に意思とは関係なく勝手に動いていることもあります。脳性まひは日替わり弁当と言われることがあるのはそのためです。「いまの感じをもう1回」と言われてもわからないので、言わない約束でした。

がぼがぼ水を飲みながら、おぼれそうになりながら、コーチと二人三脚で練習を続けること3年。ついに、浮き具なしで仰向けで浮いて、泳ぐことができるようになりました。

健常者はできると思ってやるからいけない
私はできないけどやってみようと思ってやる
やりたいことに障がいは関係ない
できるかどうか、失敗するかどうかも関係ない
元々できないことが多いから、なにをもって失敗とするか
どこまでが失敗で、どこまでが障がいか、やってみないとわからない

石の上にも三年。雨垂《あまだ》れ石を穿《うが》つ。ことわざにはあっても、蟻《あり》の一歩のような一見変化を感じられない小さな一歩をあきらめずに続けられる人間はそうそういません。「ともっちさんだからできる」に異論なし。でも小さな雨垂れのしずくでも長い時間をかければ岩に穴をあけることが

できるように、続けることがゴールへの道であることも事実です。自分にはできないと思ったとしても、ともっちさんという、あきらめずに続けることで、だれもが無理と思うような目標も実現してしまう人間が存在していることを知っておいてほしい。いつかキミが先のちっとも見えない夢や目標を抱いたときに、あきらめずに続ける力が本当はキミにもあると思い出せるように。

地域の水泳大会で市民に感動を巻き起こす

自分の手で水を強くかけば速く進む
ゆっくりかけばゆっくり進む
気を抜いたら、おぼれる

パラリンピックを目指しての練習はハードで、肘《ひじ》に氷を巻き付けて帰宅することも珍しくありませんでした。ですが、日常生活すべてにおいて介助が必要なともっちさんにとって、なんの道具も使わず、自分の力だけでスタートからゴールまでたどり着かなくてはならない水泳が楽しくってしかたがなかったのです。水の中では、自分のからだの感覚が味わえるのも新鮮でした。浮き具を使わなくなったことで、出場できる大会も増えました。

地元の東京都多摩市民水泳大会は、一般市民向けのものですが、個人レースに出場しました。一度選手がコースを泳ぎ始めると、ゴールするまで次のレースは始められないという決まりがあります。プールには、他の参加者たちがゴールをしても、一人バチャバチャと泳ぐともっちさんの姿。ゴールはまだまだ遠い。けれど、決してあきらめずに泳ぎ続ける様子に、次第に観客席から応援コールが飛ぶようになりました。がんばれの声と手拍子。ゴールにたどり着いたとき、会場は一体となっていました。鳴り止まない拍手が、この日のヒーローがだれだったかを物語っていました。最後にゴールするのに、一番にゴールするよりも拍手をもらってしまう人。だれよりも応援されてしまう人。ともっちさんは、みんなを自然と自分のペースに巻き込んで、味方にしてしまう天才です。

味をしめたのか、次は、スイムＥＫＩＤＥＮ１０００といって、１０００ｍを5名の選手がチームとなってリレーする大会にも挑戦したくなってしまいました。当時一番人気だったＳＮＳで仲間を募集すると集まってくれたメンバーとチームを組んでエントリーできることになりました。ともっちさんの不思議なところに、重度の障がい者であることをまわりに忘れさせる力がありますが、このチームもハラハラと障がい者を心配して見守るような空気感はゼロ。それどころかレースの途中で体力の限界が来てしまった選手の代わりに、ともっちさんがさらに追加で50ｍ泳ぐことになりました。二度目は大型ビジョンに自分が映っているかを確かめる余裕すらあったと言いますが、本当に目立ちたがりやです。余談ですが、そのうちの一人で大学院生だった男性は、のちにともっちさんの介助者だった女性とこのときの出会いがきっかけで結婚をしました。

水泳でパラリンピックを目指すことはあきらめましたが、いまでも水泳は大好きです。世界大会で金メダルが取れたのは、当時は脳性まひだけの世界大会があったことも大きな要因です。パラリンピックになると、クラスわけが障がい別ではなく運動機能別です。不随意運動（からだが意思とは異なる動きを勝手にしてしまうこと）を伴うことの多い脳性まひには、不利になってしまうのです。夢は叶《かな》いませんでしたが、パラリンピックという目標があったからこそ、先が見えない練習を続けられました。水泳選手としてコーチが付いて練習ができたのは夢のようでしたし、精神的にもかなり鍛《きた》えられました。浮き具なしで泳げるようになったからこそ、障がい者の大会だけでなく、市民大会やマスターズ大会など、健常者と同じ大会にも多数出場できたのです。コーチをはじめ、介助者、練習や大会に合わせてコンディショニングのサポートをしてくれたトレーナーとともに、水泳選手として納得がいくところまで水泳に打ち込めたので、ともっちさんに悔いはありません。

最終的には、ボッチャでパラリンピックを目指すことに決めました。

ボッチャでも世界へ！　目指せ、パラリンピック

ボッチャを知ったのは高校2年生のとき。友だちに誘われましたが、ハンドサッカーに夢中になっていたので断りました。ボッチャは、ジャックボールという目標球に、自分のボールを近づけて競い合う競技です。パラリンピックの正式種目でもあります。手でボールを投げられる選手は手で投げます。足でボールを蹴《け》る選手もいます。手で投げることも足でボールを蹴ることもできない選手は、ランプ（勾配具《こうばいぐ》）というボールを転がすレールのような道具を使って、ランプオペレーターと呼ばれる、選手の指示のもとランプを動かし

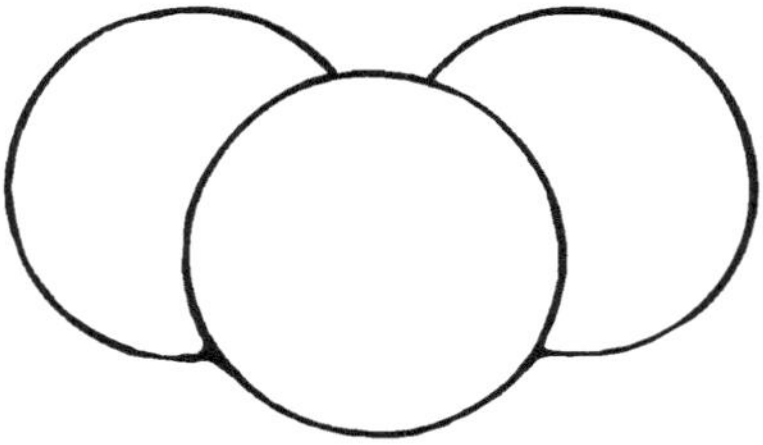

ボッチャで目指せ！　ロサンゼルス・パラリンピック!!

たりボールをセットしたりする競技アシスタントが付いて競技を行います。

競技を始めたのは卒業後です。パラリンピックを意識するようになっていたともっちさんの眼には、重度障がいがあっても目指せるボッチャは魅力的に映りました。手足が使えなくても、自分の意思をランプオペレーターに伝えることができれば、だれでも競技に参加できるのですから。当時は、競技人口が少なく、選手が脳性まひだけだったこともあって、ボッチャでも日本の初代チャンピオンになりました。日本が初めて出場するワールドカップの日本代表選手として、アルゼンチンにも行きました。初めての海外が、初心者向けの旅行ではなく、いきなり3回も乗り換えが必要なアルゼンチンへの海外遠征。おかげで、海外へ行くのは怖くなくなりました。寝ても起きてもまだ着かなくて、飽きるほど機内食を食べたこともよい思い出です。

初期の頃はどれだけ自分の意思を競技アシスタントに伝えられるかを競うレベルだったボッチャでしたが、どんどんむずかしい競技になっています。競技アシスタントも道具の補助のような立ち位置だったのが、いまはランプオペレーターという名称に変わり、メダルも授与されます。つまり、ランプオペレーターも選手として認識されるようになったということです。これまで何人かのランプオペレーターと組んで競技を行ってきましたが、いまのランプオペレーターとは1年ちょっと。ボッチャ歴が長くても、新しいランプオペレーターと組めば、また新たな気持ちで一からスタートです。元々ボッチャクラブのメンバーとして一緒にボッチャをやっていたこともあり、最初から選手目線などころもともっちさんと感覚が合います。

一度はボッチャでからだを壊し、精神的にも疲れてしまったために、３年強、ボッチャから離れた時期もありました。離れる前と再開してからでは、ボッチャに対しての気持ちの変化もあって、再開後のほうが、楽しくボッチャをやれています。またからだを壊さないように、フィジカルケアを計画的にやるようになったのも、選手として大きな変化です。また、クラブコーチのサポートがあり、競技アシスタントと協力体制や良好な関係性を築けていることも楽しくボッチャができている大きな要因です。

目標に向かって努力すること、失敗して工夫すること、達成して感動すること

競技人生はこの繰り返しです。ボッチャにしても水泳にしても、プロではないので、収入は入ってきません。むしろ、遠征費や大会出場費など選手が全額負担をするので、年間にかかる費用といったら何十万円単位。基本的には、年金・福祉手当・コーディネーター料を合わせて、新卒の手取りくらいの金額で生活費のすべてをやりくりしなくてはなりません。毎月限られた金額で生活を送っているので、三食ほとんど自炊です。毎食のメニューを考えるのはともっちさんですが、実際に包丁を持って料理をするのは介助者。台所で車いすに座って、介助者に食材の切り方

から調味料の量、入れるタイミングの指示を出して、介助者がともっちさんの代わりに指示通りにつくります。本や料理番組を見てつくるときもあれば、冷蔵庫にある残り物を使って創作料理もお手のもの。油が飛んで台所が汚れるのが嫌なので、揚げ物は滅多にやりませんが、それ以外は選手としての栄養バランスを考えつつ、なんでもつくります。言葉だけで説明してつくるので、オムレツや煮物といった感覚を要する料理は苦手です。

介助者と二人三脚でつくる料理と、ランプオペレーターと二人三脚で行うボッチャ。水泳とは違って、一人ではできない点が共通します。ほかのパラリンピック競技同様、脳性まひにとってボッチャも厳しい競技になっていますが、ランプオペレーターと一緒に、一歩一歩。目指すのは、次のパラリンピックです。

ともっちの歴史は、ヴェルディとともにあり

父親が会社から持ち帰った富士ゼロックスカップ（現FUJIFILM SUPER CUP）の観戦チケット。前年のリーグ戦チャンピオンと、全日本サッカー選手権（天皇杯）優勝クラブが対戦し、サッカ

ーシーズン開幕を告げる大会です。ヴェルディ対マリノスの試合でした。ともっちさんの人生を変えた一枚と言っても過言ではありません。Jリーグが発足し、テレビでサッカーを観ていたともっちさんは、「本物の試合が観たい。連れて行って」としつこく繰り返していました。その甲斐あって、父親が会社から無料チケットを入手し、スタジアムで観戦できることになったのです。この試合を観てすっかりヴェルディファンになったともっちさんは、家族にリモコンを奪われることなく家でもサッカー観戦ができるようにお小遣いで自分専用のテレビを買って、自分の部屋に置きました。テレビでは物足りず、試合や練習場にも通うようになりました。

初めてよみうりランドにある練習場へともっち母と一緒に観に行ったのは1993年の秋。ともっちさんが中学生のときでした。当時は公共交通機関もバリアフル。練習場の最寄駅からのゴンドラも乗車拒否されてしまいました。急な坂道をともっち母が車いすを押して、なんとか練習場にたどり着きました。すると、今度は見学スペースまで階段です。車いすから降ろして、ともっち母がともっちさんを抱えて連れて行こうと四苦八苦する様子に、選手が気付いてくれました。車いすに座ったままでも観られるように、関係者出入口のスペースに案内してくれたのです。目の前には憧れの選手たち。練習中のボールが足元まで転がってきました。

帰り道、今度は坂道です。ブレーキのない車いすをともっち母が必死で押さえながら、下りていきました。「もう二度とこの練習場には来ない」というともっち母の言葉を聞きながら、連れて来てもらえないのなら、大人になったら自分でこの近くに住むと決めました。その決意通り、自立生活を始めてから数年後、ともっちさんはヴェルディの練習場とスタジアムに近い街で自立生活を始めることになります。

自立生活を始めると、週3～4回は練習を観に行きました。週末は試合観戦です。週のほとんどをヴェルディに注いでいるうちに、北澤豪《きたざわつよし》選手やラモス瑠偉《るい》選手といったスター選手たちと仲良くなりました。練習場でも話すことが多くなりました。

一番応援していたのが平本一樹《ひらもとかずき》選手です。現役時代の背番号は25番。当時はユースにいた平本選手がトップチームの練習にも参加していて、試合にも時々出場していました。ボールを持ったら全力でゴールに向かうプレーは、将来への期待を感じさせるものでした。北澤選手に話すと「よく見ているね」と、平本選手を連れてきてくれました。きーちゃんと呼んでいる北澤選手は、真っ先にともっちさんに声をかけてくれた恩人です。初対面から自然体で関わってくれましたが、平本選手もまた初めから平等に接してくれた選手の一人です。引退するまでの19年間、調子がいいときもわるいときもどんなときも応援し続けました。そして、応援されました。ボッチャでスランプに陥って、投げ出したくなったときもがんばれたのは、平本選手の存在があったからです。

一樹は、障がいのことを感じさせない、なんでも言い合える友だち平本選手に言わせれば「ときには監督よりも怖い存在」だったともっちさんですが、キングカズと呼ばれた三浦知良《みうらかずよし》選手だけは「緊張しすぎて話せなかった」というので、ともっちさんにもそんな一面もあったのかとニヤリとしてしまいました。

選手たちはもちろん、長年のヴェルディファンで、ともっちさんを知らない人はいません。試合や練習の応援にとどまらず、駅前でヴェルディのチラシを配るボランティアにも参加しました。担当者は車いす利用者のともっちさんへの配慮から、チラシを2~3枚だけ。他のボランティアの手には数十枚のチラシ。ともっちさんは、車いすの膝の上に置いたチラシを落とすという作戦に出ました。すると目の前を通り過ぎようとした人が「大変だ」と拾ってくれるので、そのままどうぞと渡すのです。もう想像がつきますね？　チラシ配り成績ナンバーワン、もっとも貢献したのはともっちさんでした。

コロナ前まで、ともっちさんは自分たちのスタジアムで行うホームの試合だけでなく、相手チームのスタジアムに遠征するアウェイの試合まで、大事な試合は全国どこでも応援に駆けつけていました。その年の最終戦は、ホームではなく、アウェイでの試合。試合の結果によってはＪ１昇格プレーオフに出場できる可能性が残るという、重要な試合でした。アウェイで試合が開催される場合、ともっちさんは事前に相手チームに問い合わせを欠かしません。電話で車いす利用者であること、アウェイ（ヴェルディ）側で観戦をしたいことを伝えると、相手チームからの返答は、車いす席はホーム側しか開放しないためホーム側で観戦してほしい、というものでした。長年の経験から相手チームのスタジアムには、元々ホーム側にもアウェイ側にも、車いす席のスペースがあることを知っていたともっちさん。この対応にはまったく納得がいきませんでした。健常者なら当然のように応援したいチーム側の席のチケットを購入して、試合観戦します。「車いす利用者には、好きな席を選んで試合観戦することも許されないのですか？」と、相手チームの担当者に抗議してみましたが、聞き入れてはもらえませんでした。

　腹が立ってＴｗｉｔｔｅｒ《ツイッター》（現Ｘ《エックス》）に投稿すると、瞬く間に拡散炎上。ヴェルディのサポーターたちがボランティアにも参加するほどのコアなファンであるともっちさんを「俺らの仲間だ」「一緒に応援したい」と味方してくれたのです。それどころか、相手チームのサポーターたちも「そんな対応をしているから勝てないんだ」と、リツイートで加勢してくれました。試合当日、ともっちさんの姿は、ヴェルディ側の観客席の車いす席にありました。ホーム側もアウェイ側も両方の車いす席が開放されたのです。結果は、ともっちさんの大勝利、でもヴェルディは惨敗。プレーオフへの道もＪ１昇格の夢も儚《はかな》く散りました。サポーターの声を無視することなく、耳を傾けてくれた相手チームの勝利に終わったのでした。

　選手やファンの間だけでなく、当然ヴェルディ運営側にもともっちさんの存在は知れわたるよ

Ｊリーグ開幕時からの熱狂的
なヴェルディファン。

うになっていました。

あるとき、ふと気が付きます。

介助者は観たくて来ているわけじゃない
チケット代払うの、おかしくない？

車いす利用者の中には、介助者の力を借りずに一人で行動できる人もいます。介助者のチケットを無料にできるかは、線引きがむずかしいこともよくわかっています。でも、違和感は迷わず伝える、前例をつくるがモットーのともっちさん。

交渉の末、ヴェルディの本拠地である味の素スタジアムでは、車いすのまま利用できる車いす席があり、同伴者一人までは無料、一人分のチケット代で観戦ができるようになりました。また、ホーム側とアウェイ側どちらでも好きなほうを選べ、雨天時は屋根のあるスタジアム３階のスペースも解放してくれます。

「この人が騒いで勝ち取った権利」と、長年のパートナーは言いますが、ヴェルディの車いす利用者対応は、Ｊリーグの中でもトップクラスです。

さらには、車いす席には、ヴェルディに登録しているボランティアさんたちがいて、サポートもしてくれます。スタジアムでよく顔を合わせていたボランティアの一人とは、一緒にボッチャをする仲間にもなりました。

ポジティブモンスターとはいえ、鬱《うつ》になることもある

いつもパワフル、社会変革に邁進《まいしん》してきたようにみえるポジティブモンスターのともっちさんですが、30代の頃体調を崩し、1年間程鬱を経験したことがあります。リハビリのプールには行っていましたが、大好きなヴェルディ観戦にも足を運べないくらいに落ち込んでいました。鬱々と日々を過ごす中で、なにか心の癒《いや》しになるものを求めていたともっちさんは、突然思い付きます。

ヨークシャテリアを飼おう

これには家族も「自分以外の生き物は好きじゃないお姉ちゃんが?!」と、びっくりです。こう

してペットショップのヨークシャテリア巡りが始まりました。ついに、ともっちさんは出会ってしまいます。Ｍｙ美男子のヨークシャテリアに。勝手に「一樹」と名前を付けました。お気に入りで、何度もそのペットショップに足を運びました。ところがある日、お店に行ったら売れてしまっていました。それからいろんなペットショップへ行きましたが、「一樹」以上のヨークシャテリアには出会えませんでした。結局、ヨークシャテリアを飼うことはあきらめました。ともっちさんにだって、心が風邪をひいてしまうことがあるのですから、だれだって心が風邪をひいてしまうこともあるでしょう。人生にはそういうときもあるよね、というお話でした。閑話《かんわ》休題《きゅうだい》。

テクノロジーで夢を実現！　人型ロボットＯｒｉＨｉｍｅと視線入力ＥｙｅＭｏｔで、スナックママになる

ともっちさんとわたしが急速に仲良くなったきっかけは、星つむぎの村で行われた分身ロボットＯｒｉＨｉｍｅを使った「ＯｒｉＨｉｍｅでいろんなところ旅しよう」という企画でした。ＯｒｉＨｉｍｅは、オリィ研究所が開発した、人型で大人の両手に収まるくらいの小型ロボットです。カメラとマイクを搭載したＯｒｉＨｉｍｅにアプリでログインすると、ＯｒｉＨｉｍｅのい

る空間へひとっ飛び。その場にいるかのような臨場感を味わうことができます。たとえ障がいや病気でベッドの上から移動することができなくても、人はＯｒｉＨｉｍｅで、行きたいところへ旅ができます。移動できない不自由さをテクノロジーが自由にします。

　星つむぎの村とＯｒｉＨｉｍｅがコラボして実現した「ＯｒｉＨｉｍｅでいろんなところ旅しよう」。全国にいる村人たちがＨｉｋｏｂｏｓｈｉ（彦星）となって、ＯｒｉＨｉｍｅにログインした人たちに日本各地を旅してもらおうという企画でした。わたしたち親子もＨｉｋｏｂｏｓｈｉとして名乗りを上げました。宅配便で送られてきたＯｒｉＨｉｍｅに親子で興味津々《しんしん》。人のような腕と5本指の手ではなく、鳥の羽のような手。試しに動かしてみると、細かな動きはできませんが、むしろ単純な動きがかわいいのです。大きな目に、表情のない顔は、いわゆるイメージするところの宇宙人。一見無機質に思える小さなロボットに、インターネットを通じて誰かがログインした途端、その小さなロボットがＯｒｉＨｉｍｅから「その人」に変わります。「科学的に」考えれば、ＯｒｉＨｉｍｅにだれが入っていようが、外からはＯｒｉＨｉｍｅはＯｒｉＨｉｍｅにしか見えません。だけれど、不思議なことにＯｒｉＨｉｍｅはたしかに「その人」になるのです。

　ＯｒｉＨｉｍｅが1週間程わが家にステイしている間に、福岡の中心街である天神周辺を散策してほしいと頼まれました。ともっちさんは、幼少期を福岡で過ごしたことがあります。Ｏｒｉ

Ｈｉｍｅを通じてともっちさんと一緒に天神の街を歩きました。記憶は驚くほど鮮明でした。通っていた障がい者施設には、当時の職員さんはもういませんでしたが、いまの施設長さんたちが突然訪れたわたしたちを笑顔で出迎えてくれました。

この日は、ＯｒｉＨｉｍｅ昼スナママ誕生につながる特別な一日にもなりました。昼スナとは、昼間だけオープンする昼のスナックです。夜の敷居の高さを払拭《ふっしょく》して、だれでもウェルカム。ノンアルコールでも大歓迎です。悩める現代人たちの心のよりどころとして、全国各地に広がりつつあります。福岡の歓楽街で知られる中洲《なかす》のビルの一角にも、フィッシュママことフィッシュ明子さんが手がける昼スナがあります。東京・赤坂見附《みつけ》の昼スナ「スナックひきだし」の紫乃《しの》ママからののれん分けである「スナックひきだし 中洲店」改め、現在は「中洲 昼スナ 役にたたなくてもいい場所」。フィッシュママが「だれかの役に立とうとなんてしなくていい、ただ生きているだけでいい」と、肩の力を抜いて、人とつながれる場を、と始めた場所です。当初はスナックなので入るには成人である必要がありましたが、いまは許可を得て、未成年でも入店できます。

天神散策後、フィッシュママの昼スナに顔を出すことにしていました。昼スナはいつもやっているわけではないので、オープンしている日に天神散策を合わせたのです。フィッシュママはひとことで何者かを説明することがむずかしい人です。昼スナのママだけでなく、コンサルタント、ソーシャルワーカー、翻訳家、演劇人とどこまでも続けられそうなほどたくさんの肩書きを持っています。毎日がハロウィンパーティーのような、どこにいても一目で見つけられるドレスファッションがトレードマーク。ハロウィンのときだけ「普通」のかっこうをします。なぜならそれがフィッシュママにとって「仮装」だからです。好奇心旺盛でおもしろいこと大好きなフィッシュママがＯｒｉＨｉｍｅに関心を示さないはずはありません。ともっちさんとフィッシュママが出会って、なんの化学反応も起きないわけがないのです。予想通り、すぐに意気投合したのは言うまでもありません。

ＯｒｉＨｉｍｅで昼スナのママをやりたい

ともっちさんが言うと、「やろう、やろう」とフィッシュママ。ＯｒｉＨｉｍｅママの日程まであっという間に決まってしまいました。１ケ月後には、昼スナのバーの上に、フィッシュママに負けないくらい、ドレスでおめかししたＯｒｉＨｉｍｅの姿を目にすることになりました。半年後には、ともっちさんは、東京の自宅からＥｙｅＭｏｔ《アイモット》アクアという装置を使ってＰＣを操作し、自分で福岡にいるお客さんたちにカクテルをつくっていました。

ＥｙｅＭｏｔは、島根大学の伊藤史人《いとうふみひと》先生の研究室が開発した、手足が不自由な人たちへ向けた視線入力ソフトウェアです。伊藤先生は、重度障がいがある人たちの「やりたい」につながる研究を行っています。ともっちさんは、なにかやりたいことができるとすぐに「できわかクリエイターズ」に相談します。伊藤先生が理事を務めるできわかクリエイターズは、重度の障がいがある人への「できない」「わからない」という決めつけによる機会損失を防いで、パソコンやデジタルカメラなど情報通信技術（ＩＣＴ）を搭載した機器＝ＩＣＴ機器を用いて可能性を最大に引き出そうという活動をしている団体です。これまでもできわかクリエイターズを介して、伊藤先生に「できる」「わかる」につながる発明品をつくってもらってきました。「自分でカクテルをつくりたい」という、ともっちさんの願いを叶えるために、伊藤先生は液体を混ぜることができる装置とＥｙｅＭｏｔを組み合わせることを思い付きました。こうしてＥｙｅＭｏｔアクアができました。

本日１日ママを務めさせていただきます、ともっち、です！　今回は、ＥｙｅＭｏｔアクアを使い、東京の自宅から、遠隔操作で、お飲み物をご提供させていただきます！

ともっちママに代わって、ＯｒｉＨｉｍｅから突然流れる挨拶《あいさつ》。グラスを空《から》にするなり、すかさず入る「本日、限定の、お飲み物、もう一杯、いかがですか？」。

事前に準備しておいた機械音声の入るタイミングの抜群さに、ＯｒｉＨｉｍｅからともっちさんがしっかりお客さんの様子を見ていることがわかります。

「この営業力！　見習わなくっちゃ」とフィッシュママが言うと、お客さんたちがにこにこ頷《うなず》きながら同意します。機械音声の無機質さと的確なタイミングが醸《かも》し出す絶妙なハーモニーは、と

ともっちさんの OriHime ママとフィッシュママ＠昼スナ　役に立たなくてもいい場所。

もっちママだからこそなせる技。次の一杯をすすめられたお客さんは断るわけにはいきません。フィッシュママが考案したネーミングといい、季節感といい、センス抜群の限定ドリンクや定番ドリンクをお客さんたちが次々と注文していきます。パソコンを操作して、ドリンクをつくるともっちさんも大忙しです。アルコールに炭酸、複数の液体を混ぜて完成ドリンクをつくる器械には手動の作業があるため、近くに座ったお客さんやわたしもお手伝いです。周りを巻き込むアナログさ。テクノロジーの力を借りるけれども借りすぎない程よさ。ともっちさんの話を聴き取ろうと耳を傾けるお客さん、ともっちママとフィッシュママがともに創り出す、肩に力の入っていない心地よい空間。訪れてくれる人たちの大切な心の居場所になっていることが伝わってきます。

夏には、リアルでママをやるために、福岡を訪れました。七夕だけれど、ＯｒｉＨｉｍｅはお休みで、本物のともっちママの登場です。自分のお店で出しているメニューなのに、初めて飲んだ定番人気メニューの「ともヒート」は、さっぱりした味で夏にぴったりのドリンクでした。スペシャルメニューは、「オリヒメとともっち」。星のトッピングを浮かべた、ブルーのさわやかなドリンクです。ＥｙｅＭｏＴアクアを使って、目の前にいるお客さんに直接ドリンクを提供することができました。日常生活では自分でコップに注ぐことがないともっちママは、ギリギリを攻める楽しさに夢中になってしまいました。だれよりもママ自身が楽しんでいるから、みんなが楽しい。ＯｒｉＨｉｍｅともっちママによる昼スナは数ヶ月に1回開催されていますが、毎年七夕には、リアルともっちママによる昼スナを開催することが決まりました。

校長先生のスピード英断　Ｏｒｉｈｉｍｅで小学生に授業

「ＯｒｉＨｉｍｅという分身ロボットを使って、脳性まひの友人に小学校で授業をさせてもらえませんか？」

星つむぎの村のイベントとＯｒｉＨｉｍｅママ。活動を共にする間に、ともっちさんはわが家のふたりの子どもたち、とりわけ当時小学6年生だった長女とすっかり仲良しになっていました。「私もふたりが通っている小学校に行きたい。学校で授業がしたい」と、ともっちさんが娘に言っているのを聞いたとき、それはぜひとも実現したいと共感したわたしは、すぐに子どもたちの通う小学校に電話をかけていました。ＯｒｉＨｉｍｅなんておもしろいものが手元にあるのに一日だって稼働《かどう》しない日はもったいないですよね？　百聞《ひやくぶん》は一見《いつけん》に如《し》かず。ＯｒｉＨｉｍｅを知らない人には、ＯｒｉＨｉｍｅを説明するより実物を見てもらうのが早いのです。午後には、Ｏ ｒｉＨｉｍｅを小脇に抱えて小学校へ行き、校長先生にプレゼンをしていました。

「来週、やりましょう。お子さんのいらっしゃる学年でないけれど、4年生は障がい者に関する授業を多くやってきて、一番ふさわしいと思うのですが、いかがでしょう？」

1週間後には、ＯｒｉＨｉｍｅによるともっちさんの授業が実現しました。この話をすると、大抵の学校関係者やＯｒｉＨｉｍｅを学校に持ち込もうとした経験のある人は驚きます。目があって、教室の様子を見ることのできるＯｒｉＨｉｍｅは個人情報の観点から許容できない、教育委員会の許可や保護者の理解が得られないと、許可しない学校は少なくないのです。もちろん考慮が必要であることは理解できます。ただでさえ負荷の多い現場の先生たちに、これ以上負荷はかけられないと考える、校長としての配慮もわかります。だけれど、「子どもたちにとってまたとない、よい経験のチャンス」と即決でＧＯサインを出してくれた校長先生。「ありがとうございます」と、笑顔ですぐに授業の中に組み込む準備をしてくれた担任の先生。周囲からは、スピード感にも驚かれましたが、公立小であっても校長先生が許可をすれば実現するということの証《あかし》です。前例のないことをやるには勇気が必要です。だけれど、子どもたちのせっかくの機会は、逃さず掴《つか》んであげてほしいと思います。

授業は控《ひか》えめにいって、大成功でした。初めにＯｒｉＨｉｍｅで登場し自己紹介をした後、Ｚｏｏｍで直接ともっちさん本人とつないで質疑応答タイムです。車いす生活者で、言葉も聴き取りづらい、いかにも障がい者なともっちさんの口から語られたのは、ビールが好きなこと、ゲームが好きなこと、ヴェルディが好きなこと。「みんなと同じ」だってこと。子どもたちからは次々と質問が飛び出しました。嬉しかったのは、ＯｒｉＨｉｍｅのほうに関心を多く持つだろうと思っていた子どもたちが、授業後の感想では、ともっちさん自身に対する想いであふれていたことです。


「大人になったら、ともっちさんとビールが飲みたいです」

「僕もゲームが大好きなので、ともっちさんと対戦したいです」

「最初は何言ってるかなと思ったけど、どんどん分かるようになったのでうれしかったです。これから何言ってるかなと思っても『もう一回言ってください』と言いたいです」

「ともっちさんはのうのしょうがいがあったとしても好きなことや好きな食べ物があって、のびのびとしているのでぼくものびのびとしていきたいです」


一番多かったのが、「わたしたちと同じ生活をしているとわかった」という感想でした。とも

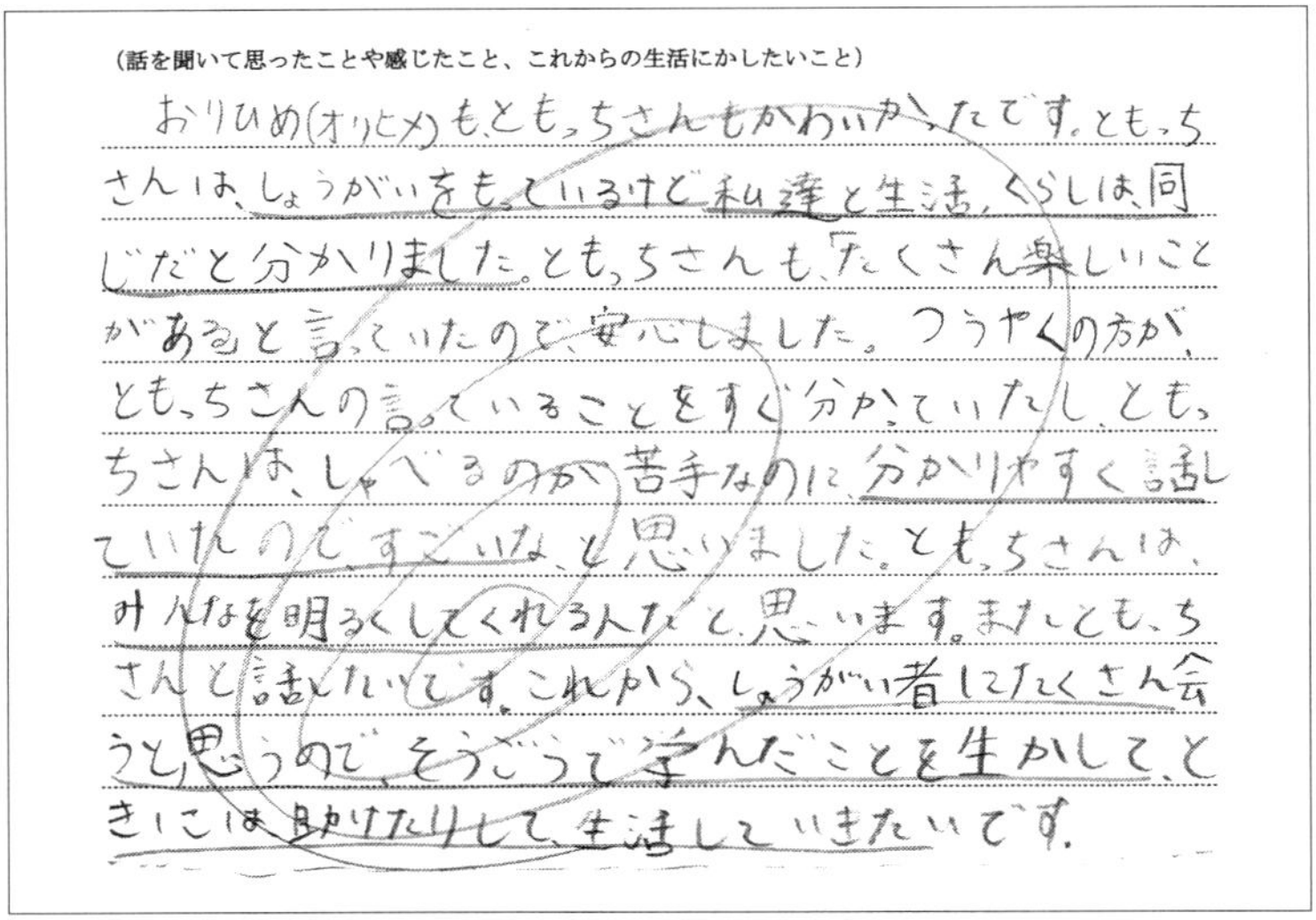
(話を聞いて思ったことや感じたこと、これからの生活にかしたいこと)

おりひめ(オリヒメ)もともっちさんもかわいかったです。ともっちさんは、しょうがいをもっているけど私達と生活、くらしは同じだと分かりました。ともっちさんも「たくさん楽しいことがあると言っていたので、安心しました。つうやくの方が、ともっちさんの言っていることをすぐ分かっていたし、ともっちさんは、しゃべるのが苦手なのに、分かりやすく話していたのですごいなと思いました。ともっちさんは、みんなを明るくしてくれる人だと思います。またともっちさんと話したいです。これから、しょうがい者にたくさん会うと思うので、そうごうで学んだことを生かして、ときには助けたりして、生活していきたいです。

子どもたちの感想から。

っちさんの「みんなと同じ」は子どもたちに伝わったようでした。わたし自身は、物心ついたときには「みんなと同じ」が苦手な子どもでした。みんなと同じように振る舞っていても、どこか無理があるような気がしていたし、みんなと同じを求められているような気がする学校がとても苦手でした。だけれど、ともっちさんの「みんなと同じ」や「みんなと同じ学校に通いたかった」気持ちに触れるたび、ともっちさんの世界線にある「みんなと同じ」が、わたしが違和感を感じていた「みんなと同じ」を塗り替えていきます。わたしはわたし、でもあるけれど、そんなわたしを超えていく世界線。あなたはわたしで、わたしはあなた。わける必要のない、同じ。障がいがあろうがなかろうが、同じ。あんなに苦手だった学校で、子どもたちとともっちさんの授業を一緒に楽しんでいるわたしがいることがとても不思議で、何だか心がほわっと温かくなりました。

アイドルを追っかけて全国へ 障がい者にもやさしいライブをともにつくる

音楽。音楽もまた、ともっちさんにとって、スポーツや英語同様、人生において大切なウエイトを占めるものです。リスナーとして、そしてプレイヤーとして。

１９９５年、アイドルグループＳＰＥＥＤ《スピード》が当時人気の音楽番組からデビューしました。ＳＰＥＥＤというグループ名も番組内で決まりました。誕生の瞬間をＴＶで観たときからずっと、ともっちさんはＳＰＥＥＤのファンです。11歳から14歳。まだ10代前半の４人組。90年代後半、彼女たちの人気にはすさまじいものがありました。１００万枚以上のミリオンセラーヒット曲を連発していた伝説のアイドル。ＳＰＥＥＤは、アイドルというよりもアーティストと呼ぶにふさわしいダンスと歌でファンの人気を獲得したグループです。他のアイドルが口パクで済ませる場面でも、録音ではなく生歌を披露します。たとえ間違っても堂々としているところも、ともっちさんがＳＰＥＥＤを好きな理由でした。シングルは全部レンタルで聴いて、アルバムはお小遣いで買いました。いまはサブスクやYouTube《ユーチューブ》で音楽が聴ける時代ですから、アルバムを買うということはピンとこないかもしれませんが、音楽はCDで聴いていた時代です。全部買っていたから、お小遣いはすっからかんでした。

大人になって自立生活を始めてからは、ツアーは全国追いかけました。昼夜あれば両方行きます。同じ曲でも毎回アレンジがあって、違いに気が付くのも楽しかった。気分はメンバーと一緒にステージの上です。車いす利用者のファンが全国どこへ行ってもいるのです。メンバーも気が付かないわけはありません。メンバーのほうから、「ともちゃん、来てくれたんだ」と、声をかけてくれるようになりました。アイドルが向こうから挨拶をしてくれるなんて、普通はありえませんよね。でもありえないことを起こすのがともっちさんです。が、それだけにとどまらないのもともっちさん。各ライブ会場のどこが障がい者にとってハードルになるのか、分厚いレポートを書いて送りました。ともっちさんは自分にとって不都合な現実に目をつぶったりしません。おかしいと思ったら、伝えます。なぜならともっちさんが困ることは、ほかのだれかの困りごとでもあるから。声を上げることが社会をよりよくすることにつながることを知っているから。

社会を変えるためには、自分から発信することが大事だと思ってる指摘したところは、次のツアーでは改善されていました。車いす利用者がより楽しめるライブになっていたのです。ますますファンになったのは言うまでもありません。

解散後もメンバーの一人で、現在は参議院議員の今井絵理子《いまいえりこ》さんのソロライブに通い続けました。すべてのライブに足を運んでいるうちに、プロデューサー兼キーボードのＧａｊｉｎ《ガジン》さんにも目が行くようになりました。ＭＣのＢＧＭから曲に入るところのアレンジに興味がありました。的確なフィードバックはともっちさんが大事にしていることです。だれが相手でも関係ありません。ライブのフィードバックを伝えていたら、ともっちさんに並外れた音楽センスがあることに気付いたＧａｊｉｎさんから、「どちらのアレンジがよかった？」と聞かれるほどになりました。

自分では弾けないけれど聴くだけでは満足せず、月２回音楽療法士に来てもらい、頭の中で流れている音楽を弾いてもらいました。

ここはポップコーンみたいに弾《はじ》ける感じ

タッチの強弱、和音を入れるタイミング、同じ和音でも順番を変えてもらう。気に入ったアレンジを再現するために、音楽療法士がピアノを練習しているような雰囲気です。「音楽療法士は音楽を通じたリハビリテーションを行う人」という型にハマったイメージを持っていたわたしは、音楽療法士を通じたともっちさんらしい大好きな音楽の楽しみ方に、こんなのもありなんだとハッとさせられました。ともっちさんの自由な発想は、杓子定規《しゃくしじょうぎ》な発想にとらわれてしまいがちなわたしの脳みそを、もっと自由でいいと、枠の外へ連れ出してくれます。

全人類が楽器を弾ける世界を創る

2024年5月、「わたしが求めていた機能98%をカバーする楽器」と、辛口のともっちさんが絶賛する楽器が完成しました。その名を「かんぷれ」（カンタンプレイの略）。開発者のゆーいちこと永田《ながた》雄一《ゆういち》さんがともっちさんと出会ったことで生まれた楽器です。ゆーいちさんはかんぷれの前に、「インスタコード」という楽器を開発しました。ウクレレのような形をした楽器です。ピアノやギターの演奏に挫折《ざせつ》してしまった人でも、「買ったその日に弾き語りができる」が謳《うた》い文句。だれにでも弾ける楽器というコンセプトに反応したともっちさんがメッセージを送ったことが始まりです。ともっちさんの住むマンションに、永田さんがインスタコードを持って訪れました。ボタンの配置や大きさ。いざ弾こうとすると、手が届かないし、ボタンもかたくて押せま

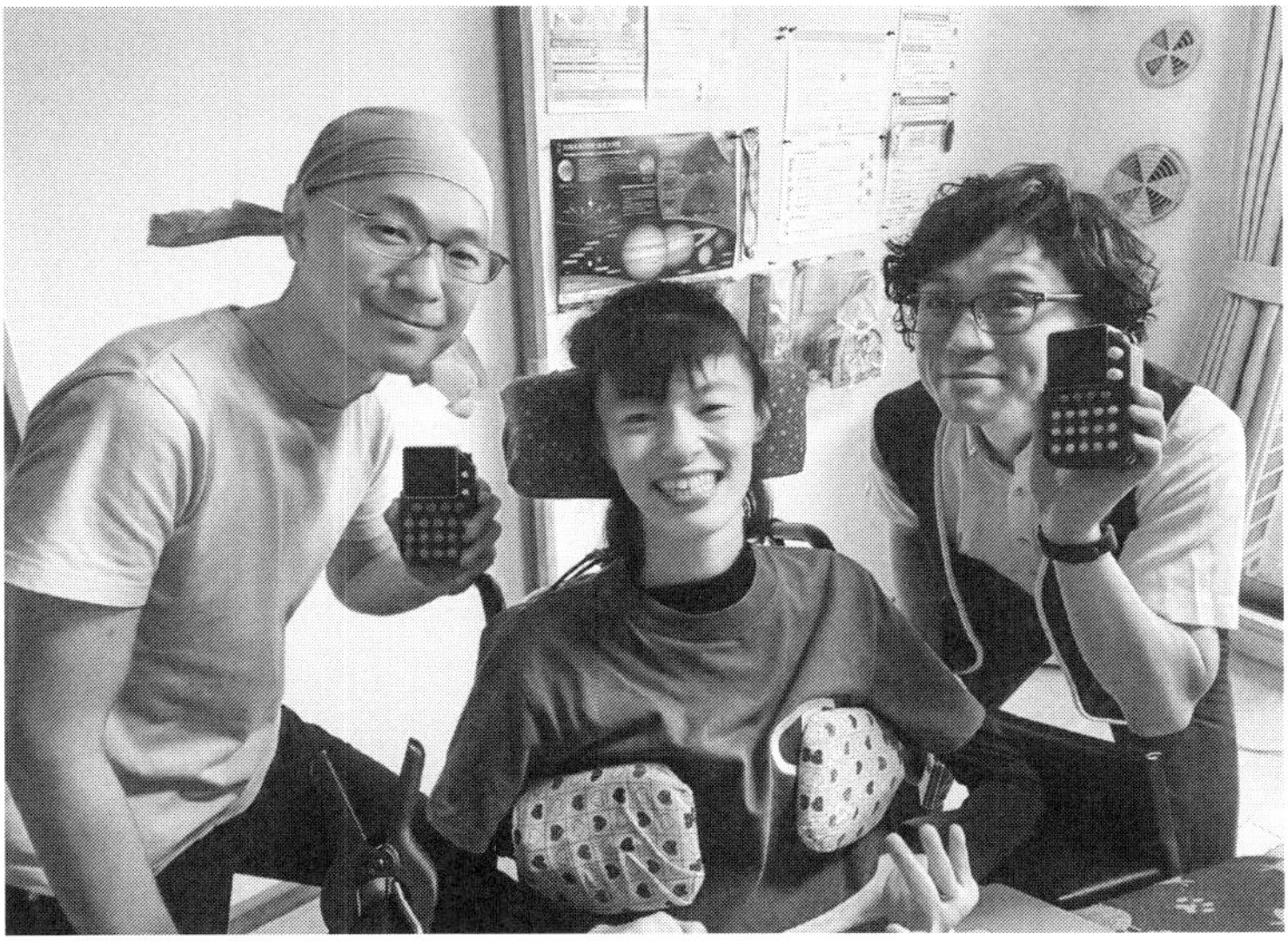

かんぷれ開発者ゆーいちさん（右）とエンジニアのカワジさんとともに。

せん。指一本で楽器を演奏しなくてはならないともっちさんにとって、両手を使わなくてはならないというハードルもありました。「だれにでも弾ける楽器では全然なかった」と振り返ります。

ゆーいちさんにとってインスタコード開発の道のりも決してたやすいものではありませんでした。やっと完成をして、自信を持って世に送り出した製品だったはずなのに、まだたくさんの課題を抱えていることに気付かされました。

インスタコードで散々味わった、あんなに大変な思いはしたくない、もう二度と製品開発はしない。決めていたはずのゆーいちさんでしたが、ともっちさんが演奏できる楽器、世界中のだれもがどんな困難を抱えていようとも弾ける楽器を開発したいという想いに火が点《つ》いてしまいました。とはいえ、ともっちさんたった一人のために製品開発はできません。

「本体をオープンソースにして、自由に簡単に改変できる楽器にしたらどうだろう――」

自由にカスタムできる楽器にすればいいという発想から、どんどん開発に協力してくれる国内外の企業やエンジニアとつながっていきました。インスタコード発売から4年。彼らと連携し、かんぷれの試作品ができました。ともっちさんは、かんぷれアクセシビリティアドバイザーに就任しました。「わがままとダメ出し」が仕事だなんて、まさにぴったりの役割です。

かんぷれの機能を見れば、私が言ったことがすべて反映されている

本体に市販のボタンやタッチセンサー、マイクといったスイッチを接続して、オリジナルの楽器にカスタマイズすれば、自分に合った操作方法で演奏することができます。だから、指一本でも簡単に、プロも驚くようなむずかしい曲を弾くことができます。ボタンを押すだけとはいえ、弾いている感覚がきちんと味わえるのが特徴です。リズム感は自分次第だから、ボタンを押したり離したりするタイミングでまったく異なる曲に仕上がってしまうのも楽器を演奏する醍醐味《だいごみ》で

す（つまり、下手な人が演奏すれば下手）。初心者からプロまでが夢中になって楽しめる楽器。今度こそ本当にだれもが演奏できる楽器ができました。

しかしながら、さらなる開発と発売のためには、お金が必要でした。ゆーいちさんにとって二度目のクラウドファンディングに、人生をかける気持ちで挑むことになりました。目標は5000万円。決して小さな金額ではありませんが、到達しなければ商品化できません。ともっちさんも毎日冷や冷やしながらクラファンのサイトをチェックしました。最終的に集まった金額は、6451万円。1790人もの人たちが応援してくれました。目標を大きく上回る金額を達成したことがわかったときのうれしい気持ちとホッと安堵《あんど》する気持ち。ともっちさんは楽器が上手に弾けるようになりたいと長年願ってきました。自分と同じように重度の身体障がいがある人にも、楽器を演奏する喜びを届けたい。理想の楽器を届けるスタートラインに立つことができました。

ゲーマーのすすめ

スポーツが好き。音楽が好き。ビールが好き。そして、ゲームが好き。初めはWii《ウィー》にハマりました。Wii スポーツでテニス。振ればよいシンプルさがともっちさんにもうってつけでした。やるとなればとことん集中モード。どんどん速い動きについていけるようになり、相手のボールに合わせられるようになりました。3ヶ月もすれば、スピードボールを打ち込めるようになっていたのでした。さらに、スピードボールを打ち返せるようにも。オンラインで一番強い対戦相手に勝てるようになっていました。まさか相手も重度の障がい者と対戦をしているなんてつゆとも思っていなかったでしょう。手加減なしで打ち込んできます。ともっちさんにはそれも心地のよい感覚でした。

トレーニングによって能力が向上する可能性をトレーナビリティと言います。ともっちさんをみていると、続けることで上手くなっていくトレーナビリティを実感します。ともっちさんは、同じ脳性まひで重度の障がいのある人たちにパソコンの視線入力をすすめたことがあります。1〜2日でできずに辞めると言い出した友人に「1週間やってみて」と続けさせたところ、無事に視線入力ができるようになりました。デモ機や電動車いすなどを体験モニターしたい場合、大抵は1〜2日しかレンタルできません。ですが、障がいがある場合、とりわけ脳性まひでは最低1週間くらい試して、試行錯誤しないことにはわかりません。だから、せめて1週間、できれば1ヶ月くらいモニターができれば、見極められるのになぁ、モニターの意味があるのになぁと、ともっちさんはつぶやきます。

あきらめずに続けるともっちさんですが、一方で、おもしろくなければさくっと手放します。大好きだったF1《エフワン》レーサーのアイルトン・セナのレースカーがモデルになったというので初めてレゴを試してみたともっちさん。パチン。一つやってみて、あとは介助者に「やっておいて」。

やってみておもしろくないことがわかった

「とりあえずやってみる。まずは、やってみなくっちゃおもしろくない。やってみてつまらないことがわかるのは失敗ではないし、失敗するのもいい」だそうです。

いまはもっぱらNintendo《ニンテンドウ》 Switch《スイッチ》。好きなゲームは「みんなのカーリング」です。ゲームが好きな理由は、リアルではできないことが擬似《ぎじ》体験できるから。負けず嫌いのともっちさんは、勝ちにこだわります。ゲームを攻略したいけれども、付属のコントローラーでは、なかなか上手く操作ができませんでした。だからといって、あきらめることはしません。コントローラーを探すうちに、HORI《ホリ》のHAYABUSA《ハヤブサ》にたどり着きました。ゲーマーの中でも人気のコントローラーです。ともっちさんの手の位置に合わせて、ボタンを入れ替えることができる点が画期的でした。ゲーマーがよりゲームを効率よく攻略しようとすることを突き詰めた結果、障がいがある人にも使いやすいコントローラーになっていたのです。それでも使い勝手はまだまだ改良の余地がありました。ボタンにプラスチックの板を貼って、打ちやすくするといった工夫をしました。

ともっちさんのゲーム好きは、コントローラーの開発プロジェクトにもつながってしまいました。Ｎｉｎｔｅｎｄｏ ＳｗｉｔｃｈとＨＯＲＩとテクノツール。３社が協働し、テクノツールの監修の下、はじめから肢体《したい》不自由なゲーマーのことを視野に入れたコントローラーの設計開発を進めている最中に、ともっちさんは出会いました。しかも、テクノツールは隣り町にあって、家まで足を運んでくれました。モニターとなって開発に協力することになったともっちさんは、いつも通り、改良ポイントを遠慮なく伝えます。ともっちさんは、開発者側が思う「ここまででいいかな」「きっと満足してくれているだろうな」というところで手を打ってはくれません。本気のフィードバックだからこそ、開発者の想像を超えた製品につながる。

ともっちさんのほかにも、筋ジストロフィー、ＳＭＡ《エスエムエイ》（脊髄性筋萎縮症《せきずいせいきんいしゅくしょう》）、脳性まひなどで肢体不自由なゲーマーやリハビリテーションの専門職などの声が反映されてできたのがフレックスコントローラーです。この新たなコントローラーの登場で、障がいあるなしを超えてチームを組んで、ゲームの大会で活躍するゲーマーも出てきました。だれもがゲーマーになれる。一緒に遊べなかっただれかとだれかが一緒に遊べるようになる。ゲームも多種多様で、オンラインを通じて、個人対個人戦で知らないだれかと戦うゲームもあれば、スプラトゥーンみたいに自分の意思とは関係なく、偶然出会っただれかと瞬時にチームを組んで、一人ひとりが持っている強みを即座に見極めながら、団体で戦うゲームもあります。ゲームの世界はわざわざ言わなくても自然とインクルーシブです。画面の向こうで一緒にチームで戦っている、顔も名前も性別も年齢も国籍もわからない「だれか」もまたフレックスコントローラーを使ってゲームをしているかもしれない。そう考えると、「ゲームばっかりしてないで、勉強しなさい」なんて言うのもつまらないような気がしてきます。障がいなんて関係ない世界。障がい者だからと気遣われない世界。障がい者であることを忘れてしまえる世界。ともっちさんは、先陣を切って、ゲームの世界の可能性を広げてきました。

通る側から社会改革

障がいと訳される大元の英語は、いまも使用されていますが、ハンディキャップ（handicap）からディサビリティ（disability）、そしてチャレンジ（challenge）へと変遷《へんせん》してきた経緯がありま す。ともっちさんを見ていると、person with disability よりも challenged person という言葉が本当にしっくりきます。

ともっちさんは、やりたい、好き、に、忠実で素直な人です。やりたいことをやりたいと言う。そしてやってみる。好きなものを好きという。とことん好きを突き詰める。一人ではできないからだは、否応《いやおう》なくまわりを巻き込んでいきます。巻き込み力がすごいのです。ともっちさんに言わせれば、「まわりの巻き込まれ力が高い」のだそう。巻き込み、巻き込まれているうちに、いつの間にか、社会のほうが変わっています。

車いすが通れなかった凸凹《でこぼこ》道が、ともっちさんが通った後には、車いすを利用する肢体不自由な重度の障がいがある人だけでなく、小さな子どもやお年寄りにも歩きやすい道になっています。

他者からは「自由」や「理想」に感じられるかもしれない、ともっちさんの「当たり前」が、社会の「当たり前」になってほしいと思うから、チャレンジを続けます。

「なぜそんなに頑張れる?」と聞いたら、「楽しい」とひとこと返ってきました。

あとがき

いま、この本を読み終えて、たぶん「ともっちさんってすごい」、でも「ともっちさんだからできたんでしょう?」と、思っているかもしれませんね。

たしかにともっちさんだからできた。わたしもそう思います。

でも、行きたいところへ行くこと、だれかを好きになること、学びたいことを学ぶこと、仲良くなりたい人と仲良しになること、ゲームをすること、好きなものを食べること。

ほら、キミにだって、できるでしょう?

なんてこともやっぱり言いません。かんたんにできそうなことほど、じつはできない。むずかしいってことは、よくあることです。

生きるって、ただそれだけで結構大変。

ともっちさんは、からだにたくさんの「大変」がありますが、こころはとても自由です。

障がい者にとって、あるのにないことにされがちな壁を、本当に壁なんかないみたいに軽やかに飛び越えます。

ともっちさんだからできた。

でも「わたしにはできない」なんてこともだれにも言えないのです。

他人やできごとはコントロールできないけれど、自分の心だけは、自分であり方を決めることができます。

どんなに不自由な現実が目の前にあったとしても、心は自由であることを決めることができる。

「不」自由でなにがわるい？

この本がキミの心をほんの少しでも自由にする役に立てていたら
今日という一日もまた、ワクワク愉快に生きることにつながっていたら　と願っています。

最後に、この本を書くきっかけをくれたともっちさん、新日本出版社の編集者柿沼秀明さん、柿沼さんにつないでくれた星つむぎの村の髙橋真理子さんはじめ星つむぎの村人の皆さま、表紙イラストを描いてくれたJERRYBEANSのユッケさん、本書に登場してくださった方々、陰ながら執筆を応援してくれていた方々、友人たち、そして愛する家族に、心からの感謝を。

二〇二五年一月一三日

今村美都

今村 美都（いまむら みと）
1978年福岡県生まれ。津田塾大学国際関係学科卒、早稲田大学大学院演劇映像専修修士課程修了。博士課程在学中に、オールジャンルのダンスを網羅するダンス雑誌の編集者に。その後、スカパーの演劇専門チャンネル、老舗化粧品メーカーの新規事業コスメラインのコピーライターを経て、医療コンサルを手がけるIT企業へ。「闘病記」をメインコンテンツとする、がん患者・家族向けのアプリ・コミュニティサイト事業の立ち上げメンバー・編集長として参画。がん患者団体・支援団体、がん専門医、緩和ケア医など、がん医療の最前線で活躍する人たちにインタビューする機会を数多く得る。結婚・出産を機に、医療福祉ライターとして独立。人生の最終章の医療・介護というテーマがライフワークに。翻訳協力『「患者中心」で成功する病院大改造』（医学書院）、共著『がん闘病記読書案内』（三省堂）、執筆協力『病院で使う言葉がわかる本』（実業之日本社）。

「不《ふ》」自由《じゆう》でなにがわるい　障がいあってもみんなと同《おな》じ

2025年2月20日　初　版　　NDC916　157P　19cm

著　者　今村美都
発行者　角田真己

郵便番号　151-0051　東京都渋谷区千駄ヶ谷4-25-6
発行所　株式会社　新日本出版社
電話　03（3423）8402（営業）
03（3423）9323（編集）
info@shinnihon-net.co.jp
www.shinnihon-net.co.jp
振替番号　00130-0-13681
印刷　亨有堂印刷所　製本　東京美術紙工

落丁・乱丁がありましたらおとりかえいたします。

ISBN978-4-406-06870-3 C8036　Printed in Japan